ORGANISMOS

Relatos sobre otredad, biopolítica y
materia extraordinaria

Selección y prólogo de Salvador Luis

ORGANISMOS

Relatos sobre otredad, biopolítica y materia
extraordinaria

¡Oh! No tener un cuerpo desagradable ni un alma
incómoda para los demás.

MARCEL JOUHANDEAU

PRÓLOGO | DE OTREDADES Y PLURALIDADES: EL CUERPO COMO EXPERIENCIA Y POSIBILIDAD

Salvador Luis

Tradicionalmente, nuestra visión acerca de lo corporal tiende a ser monolítica: el cuerpo ideal o reglamentario como un régimen de verdad y entidad dominante. Esta visión acerca de los cuerpos se encuentra asentada en las enseñanzas y las condiciones del sistema-mundo que nos legitima o, en el caso de poblaciones o individuos que han sido clasificados por los patrones estructurales de la colonialidad, la religión o la jurisprudencia, del dispositivo disciplinario que se impone mediante la autoridad del Logos y la fuerza hegemónica de un supuesto proyecto civilizatorio y redentor.

Dicho tipo de postura y gobierno, no obstante, no es tan solo un regente del orden social sino también un fabricante de subjetividades y otredades. El Mismo y lo Otro, como los denomina Lévinas, parecieran estar en constante contraposición debido al culto a la libertad que nace del individualismo, donde la subjetividad del Yo se construye a partir de una autosuficiencia dominante que no permite la comprensión de la dimensión externa (la dimensión de los demás). Este orden, evidentemente, promueve esquemas de realidad autoritarios, ya sea en los cuerpos nacionales o individuales, e impide eventualmente las relaciones simétricas de entendimiento. Lévinas, apegado siempre a una línea discursiva de reconciliación, propone que «abordar al Otro es cuestionar [nuestra] libertad [y nuestro] dominio sobre las cosas» (307). Desde este punto de vista, el Mismo y lo Otro no deben operar como entidades apartadas sino como una asamblea común, pues se encuentran articulados dentro de una misma relación de pluralismo y generosidad.[i]

Con una perspectiva más cercana a la geografía política y los estudios culturales, Alison Mountz define el término «otro» (que en el idioma inglés tiene dos categorías gramaticales: sustantivo y verbo) como la persona o grupo que constituye el *afuera*, lo que se diferencia del centro y se localiza en los márgenes. Al mismo tiempo, nos indica, lo «otro» es aquello que diferenciamos de nosotros mismos (328).

Esta última apreciación, que se conecta también con algunos postulados del psicoanálisis freudiano con respecto a la lucha entre las pulsiones de vida y de muerte, nos lleva a un gran problema ético y moral en vista de que

i De acuerdo con Rosalyn Diprose, la generosidad es dejar de poseerse, «no es reducible a una economía de intercambio entre individuos soberanos. Más bien, es una apertura a otros que no solo precede y establece relaciones colectivas, sino que constituye el yo como un sujeto abierto a los otros. Fundamentalmente, la generosidad no es el gasto de las posesiones, sino la desposesión de uno mismo, el *ser dado a los demás* que quebranta cualquier ego contenido en sí mismo, que socava la posesión de sí mismo» (4; la traducción y el énfasis son míos).

al ratificar el Yo su existencia cae también en el dilema de la relación con lo otro, en la cual esa exterioridad que no es precisamente la «subjetividad legítima» puede causar, como sugiere Ernest E. Boesch, una serie de placeres y displaceres que van desde la satisfacción y el sosiego hasta la frustración y el pánico (7). De ahí, por ejemplo, que sea común ver en la hiperrealidad mediática o en el entorno de lo concreto cómo las naciones, las poblaciones, las culturas y también los cuerpos individuales se diferencian oposicionalmente a través de continuos actos de demarcación, categorización y exclusión. Dichos actos, asimismo, tienden a resaltar una serie de límites simbólicos y patrones dialécticos que subrayan una y otra vez la «excepcional» pureza del Yo sobre la «insolente y poco deseada» suciedad de lo Otro.

El asco por lo viciado, lo descompuesto, por lo diferente de lo puro, no es solo un mecanismo de defensa biológico sino también una manifestación patente de los miedos culturales del Yo. A través del dispositivo del asco y la subsiguiente institución de protocolos higienistas, un horrorizado Yo (o una nación atacada por una exterioridad considerada repugnante) busca normalizar su sistema-mundo y repoblar inmediatamente el discurso hegemónico que gobierna el orden social y el *bios*. Lo antihigiénico, según momentos y lugares, podrá llevar el rostro de un grupo inmigrante, una comunidad minoritaria, una etnia menospreciada o un cuerpo alternativo, pero el fin del Yo regulador es siempre uno de supervivencia: enfrentar y repeler la movilidad de lo impuro evitando también la posibilidad de un proceso empático. Así, el sentimiento de repugnancia se convierte en una valiosísima herramienta de legitimidad para el sujeto en tanto que lo separa del contagio y la enfermedad que emana de lo Otro, dándole supremacía étnica, corporal o identitaria por medio de la performatividad de la nausea, el uso de guantes o mascarillas, la construcción de muros o la sistematización, como se ha visto en diversos momentos de la historia moderna, de campos de concentración para el exterminio de aquello que el Centro límpido y civilizador cataloga como indeseable.

A través de las que podríamos llamar estrategias de repetición cíclica (que en nuestra edad comunicacional alcanzan una velocidad y ubicuidad sin precedentes gracias a las teleorganizaciones, las redes de datos y los hipervínculos), la institucionalidad dominante y sus agentes de control rechazan al organismo «antihigiénico» o «abyecto» para delimitar y separar el campo de la pureza del de la ilegalidad, la deformación, la inmoralidad, la obscenidad o la contaminación.[ii]

Respecto a la capacidad reguladora del discurso hegemónico, Judith Butler ha hablado de cómo los actos de limpieza y los mecanismos de exclusión, sobre todo para el caso de la sexualidad, aunque es aplicable a distintas condiciones, han dividido el esquema social de los cuerpos en lo que ella denomina «organismos inteligibles», aquellos que son aceptados por la norma dominante, y los «ininteligibles», los cuerpos o los grupos

---

ii Partiendo del discurso dominante, lo abyecto suele implicar una transgresión de la norma, algo sobre lo que tanto Marcel Jouhandeau como Julia Kristeva han elaborado en distintas instancias y que se conecta con la noción de anormalidad que desarrolla Michel Foucault. Según Foucault, el «poder de normalización» del sistema-mundo se transforma en el aparato legal y mediático que controla y purifica todas las desviaciones y las excepciones (56). Los cuerpos anormales, para los efectos del tema que nos compete, viven en constante conflicto con la Totalidad, siendo oprimidos, desplazados o explotados por ella.

rechazados social, ideológica y discursivamente (39). En la tesis de Butler, que surge como crítica a un sistema universal de desigualdad, el mayor desestabilizador del orden impuesto es precisamente el cuerpo excluido o alternativo, la persona o grupo que constituye el *afuera* y que se ubica al margen del régimen de verdad que tiene como misión normalizar los códigos, funciones y protocolos del sistema-mundo, en este caso la estructura biopolítica que instala una vigilancia sobre la vida del ser humano.

En términos generales, según Fernández Agis, «el poder biopolítico construye y atiende de forma permanente a la constitución de los sujetos» (96). Este poder es uno que surge a partir de las revoluciones tecnocientíficas de los últimos dos siglos, cuando la vida y la imagen humana se hacen más flexibles y alterables a causa de nuevos descubrimientos y teorías en el campo de las ciencias médicas y biológicas. A su vez, el poder biopolítico, según Foucault, se basa en la normalización de un discurso homegeneizante y su raíz reguladora se hallaría en los principios modernos de los aparatos jurídicos y criminológicos, sistemas de protección que buscan el castigo de los llamados «monstruos sociales» e «individuos a corregir» (59-61).

Todas estas estructuras y categorías, desde luego, se orientan hacia la perpetuación del sistema-mundo dominante y la administración no solo de políticas de control poblacional, militar o sanitario sino también hacia el control específicamente somático (el control de aquellos organismos que representan la excepción de la norma o la inmundicia metafórica que constituye el *afuera*). En este sentido, la solidificación del discurso de la pureza y la impureza en el ámbito de la diversidad biológica resulta, como nos sugiere el pensamiento de Lévinas, en el enfrentamiento de la Totalidad con lo «absolutamente Otro», creando así, ya sea automática o deliberadamente, técnicas de diferenciación y marginación que evaden la alteridad y la hospitalidad que debería existir en torno a los cuerpos y la vida social.

Aquel *afuera* construido que es excepción a la regla del Centro, sin embargo, no se encuentra completamente desguarnecido ante el biopoder y el régimen de verdad impuesto por el sistema-mundo. Tal y como mencionan Gabriel Giorgi y Fermín Rodríguez, las tecnologías de normalización e individuación crean también dispositivos de descentramiento del discurso dominante cuando «el ser viviente se torna línea de desfiguración, de anomalía y de resistencia contra las producciones normativas de subjetividad y comunidad» (10). En otras palabras, es en la pluralidad de la forma y en la ventaja de la variación donde radica la posibilidad de «lo distinto» para dislocar aquel sistema-mundo regulador, convirtiéndose en una línea de fuga que da paso a la convivencia armoniosa de culturas, identidades y cuerpos. Como señala Dussel, «lo distinto indica mejor la diversidad y no supone la unidad previa» (102); en ese sentido, interviene en el biopoder hegemónico y en la subjetividad del Yo, y a la vez licúa los esquemas monolíticos de la política corporal al destotalizar la normatividad de un supuesto orden primigenio de la forma.

En el mundo contemporáneo, debido a la movilidad de la genética y la biomedicina, la noción tradicional acerca de la naturaleza de los seres vivos está siendo desjerarquizada diariamente por lo que Nikolas Rose llama la «molecularización del pensamiento» (6); una visión de mundo a nivel molecular que implica nuevas realidades y alternativas para entender la variabilidad de los organismos. De ahí, por ejemplo, que el género o la sexualidad empiecen a concebirse hoy en día como multiplicidades y no precisamente como constituciones monolíticas e intocables. Aunque es cierto que la biogenética y otras formas de tecnología molecular tienen también graves consecuencias para nosotros en cuanto a la manipulación y mercantilización de la materia viva (como nos han advertido filósofos como Habermas o Fukuyama), es innegable que su nuevo lugar en el discurso de la biodiversidad crea a la vez múltiples ramificaciones simbólicas, culturales y sociales acerca de la vida que conocemos y acerca de nuestras nociones de «lo distinto».[iii]

Observándolas desde esta apertura sociocultural y discursiva, las tradicionales oposiciones binarias de tipo belleza y fealdad, proporción y desproporción o armonía y desarmonía alteran su composición simbólica en el mundo actual al mezclarse con la variedad que representa la figura del cuerpo mutante, que es ante todo una expresión de cambio y transformación. Por consiguiente, nuestra concepción platónica de lo bello, esa que habla de la simetría matemática y la debida proporción entre las partes y que aún hoy en día celebra arquetipos y estereotipos a través de los medios de comunicación masiva o los discursos nacionalistas de identidad, pierde relevancia cuando la comparamos con la posibilidad de ese organismo cambiante y distinto, no

---

iii Y es que los cuerpos, como sugiere Bruce Dean Willis, no son solamente proyecciones de la intimidad sino también de las épocas y los espacios en los que viven: «Nuestros cuerpos son nuestros primeros textos, nuestros mapas íntimos, y proyectamos desde ellos hacia el paisaje, hacia nuestra comprensión del mundo y sus manifestaciones» (3; la traducción es mía).

precisamente como una anomalía en degradación sino como una anatomía prometedora y dúctil. Después de todo, como señala Roberto Esposito, la fortaleza de la vida radica «en el cuerpo y solo en el cuerpo» y gracias a él «puede seguir siendo lo que es, y crecer, potenciarse, reproducirse» (161).

Anteriormente, en otro ensayo he apuntado que, para potenciarse, el cuerpo mutante contradice tanto lo unívoco como los determinismos genéricos y morfológicos, y desde un punto de vista cultural licúa también los metarrelatos regulatorios del sistema-mundo dominante para facilitar una participación activa en la economía corporal de lo posible (Raggio 30). Al brindarles un significado nuevo a los organismos, los procesos corporales contemporáneos desestabilizan el biopoder y las regulaciones del Centro, promoviendo a la vez actos de inclusión y no precisamente de exclusión, ya que en el reciente contexto sociocultural y teórico lo que anteriormente era catalogado como monstruoso o aberrante se convierte ahora en un símbolo de variabilidad y alteración provechosa. De este modo, lo monstruoso/lo impuro/lo abyecto (a pesar de no haber desaparecido del imaginario social ni de nuestro esquema de categorías) deja de ser específicamente un gran relato universal acerca de lo anómalo negativizado para transformarse en una manifestación cultural y estética de la heterogeneidad contemporánea.

Hoy en día, al tocar los espacios de la molécula, lo corporal ha adquirido tanto una inminencia mutante como una novedosa posibilidad simbólica debido a la intervención de lo distinto. Esta, desde luego, no es una garantía de un mundo feliz, pero tal vez sí de un mundo donde las multiplicidades obtienen un espacio de exposición históricamente denegado por los sistemas de autoconservación y por las pulsiones del Yo. Lo cierto es que al alejarnos de los patrones somáticos del discurso dominante es posible entender culturalmente el *afuera* como si fuese el *adentro* y entablar así nuevas relaciones que responden más a la alteridad que a la promulgación de otredades enfrentadas al pluralismo de lo viviente.

REFERENCIAS

Boesch, Ernest E. «The Enigmatic Other». *Otherness in Question. Labyrinths of the Self.* Ed. Livia Mathias Simão y Jaan Valsiner. Charlotte: Information Age Publishing, 2006.

Butler, Judith. *Bodies That Matter: On the Discursive Limits of Sex.* Nueva York: Routledge, 1993.

Diprose, Rosalyn. *Corporeal Generosity.* Albany: SUNY Press, 2002.

Dussel, Enrique. *Para una ética de la liberación latinoamericana.* Buenos Aires: Siglo XXI, 1973.

Esposito, Roberto. *Immunitas. Protección y negación de la vida.* Buenos Aires: Amorrortu Editores, 2009.

Fernández Agis, Domingo. «¿Qué es la biopolítica?» *Cuadernos del Ateneo* 26. (2009): 93-98.

Freud, Sigmund. *Psicología de las masas y análisis del yo.* Madrid: Alianza Editorial, 2010.

Foucault, Michel. *Abnormal. Lectures at the College de France.* Nueva York: Picador Press, 2004.

_____ *Historia de la sexualidad. Vol. I La voluntad de saber.* México: Siglo XXI. 1996.

Fukuyama, Francis. *Our Posthuman Future. Consequences of the Biotechnology Revolution.* Nueva

York: Picador Press, 2003.

Giorgi, Gabriel y Rodríguez, Fermín. «Prólogo». *Ensayos sobre biopolítica*. Ed. Gabriel Giorgi y Fermín Rodríguez. Buenos Aires: Paidós, 2007.

Habermas, Jürgen. *The Future of Human Nature*. Cambridge: Polity Press, 2003.

Jouhandeau, Marcel. *De la abyección*. Barcelona: Ediciones El Cobre, 2006.

Kristeva, Julia. *Powers of Horror. An Essay on Abjection*. Nueva York: Columbia UP, 1982.

Lévinas, Emmanuel. *Totalidad e infinito*. Salamanca: Ediciones Sígueme, 2002.

Mountz, Alison. «The Other». *Key Concepts in Political Geography*. Ed. Carolyn Gallaher y Alison Mountz. Londres: SAGE Publications, 2009.

Raggio, Salvador L. *The Mutant Factor. Transformations and Mutations of the Monstrous in Contemporary Ibero-American Texts*. Diss. University of Miami, 2013.

Rose, Nikolas. *The Politics of Life Itself. Biomedicine, Power, and Subjectivity in the Twenty-First Century*. Princeton: Princeton UP, 2006.

Willis, Bruce D. *Corporeality in Early Twentieth-Century Latin American Literature. Body Articulations*. Nueva York: Palgrave Macmillan, 2013.

SOBRE ESTA SELECCIÓN DE RELATOS

La intención de la presente antología es mostrar al lector diversas representaciones de lo corporal en la narrativa hispánica del siglo XXI, entendiendo el cuerpo tanto en su acepción de figura humana como de colectividad nacional o social. Me interesan sobre todo las relaciones entre la corporeidad y los discursos de fealdad y belleza (anormalidades y anomalías físicas), los estigmas que autorizan o degradan a ciertos organismos (inteligibilidad e ininteligibilidad) y la construcción de identidades a partir de la diferenciación entre margen y Centro (lo *propio* y lo *impropio*; *nosotros* versus *ellos*; el cuerpo *local* versus el cuerpo *foráneo*).

El elemento clave de cada uno de los relatos recopilados ha sido el enfoque en la materia viva, sobre todo frente a las normas de los sistemas morales y religiosos, las dicotomías perjudiciales transmitidas por los medios de comunicación o la ciencia, o el biopoder que gobierna la imagen y el comportamiento de las personas a partir de metarrelatos de contagio y/o de supremacía étnica, política o cultural.

En cuanto a las temáticas específicas de los textos recogidos, que engloban tanto modos de representación realistas como fantásticos, encontramos narraciones sobre la monstruosidad, la materia extraordinaria e insólita, el cuerpo desmantelado y el cuerpo informe en «*Little Wonder*», de Gabriela A. Arciniegas, y en los microrrelatos del absurdo que componen la serie «El cuerpo, sus alrededores», de Salvador Biedma.

En una línea que ciertamente guarda algunas semejanzas con la anterior respecto al uso de lo grotesco y la mutación de la carne podemos incluir la narración de contagio zombi «Historia de amor», de Raquel Castro, texto que sugiere una forma atípica de alteridad y supervivencia, y «Producciones Nova Libido presenta…», de Diego Luis Sanromán, narración enfocada en la mercantilización del cuerpo alternativo a través de la lente audiovisual y la pornografía.

«Inyecta», de Aldo Medinaceli, y «Buceo», de Rodrigo Fuentes, comparten la línea temática del cuerpo enfermo y/o hospitalizado, con conexiones a la drogadicción y a la discapacidad en relación al futuro del organismo como una entidad intervenida.

La construcción de roles de género e ideales reproductivos y la estigmatización por medio de la emoción de la vergüenza, asimismo, se incluyen en los relatos «Señorita», de Natalia Mardero, y «Una por la mamá», de María José Navia; esta última aborda también la sugestión de la juventud por medio de imágenes cosméticas idealizadas y la problemática contemporánea de los trastornos alimenticios.

El cuento «Intervalos para dejar de existir», de Marcela Ribadeneira, presenta una historia de amor fraternal con el trasfondo de la impureza étnica y religiosa, la limpieza de la nación y la corrupción del cuerpo como producto de la guerra. Conjuntamente, Carlos Fonseca en el relato «El último» diserta sobre el higienismo y la insalubridad a través de la historia filosófica y antropológica de un intelectual moderno, destacando la construcción de otredades a partir de la lupa de la subjetividad occidental.

Finalmente, las relaciones asimétricas derivadas del biopoder y los proyectos civilizatorios encuentran un espacio en «La muerte tenía nuestros dedos», de Jennifer Thorndike, relato acerca del antagonismo cultural entre el campo y la ciudad en el marco de un programa estatal de esterilizaciones forzadas, y en el cuento distópico «La granja», de Izaskun Gracia Quintana, una narración que nos introduce en un futuro no anhelado de hambruna, canibalismo y control poblacional.

OTRAS NARRACIONES RECIENTES SOBRE LOS TEMAS DEL CUERPO, LA OTREDAD, LA ENFERMEDAD, LA MONSTRUOSIDAD Y LA MUTACIÓN

16. *Prontuario de los pies y de los zapatos*, Salvador Luis
17. *Derretimiento*, Daniel Mella
18. *Fruta podrida*, Lina Meruane
19. *Sangre en el ojo*, Lina Meruane
20. *La orilla*, Elvira Navarro
21. *El huésped*, Guadalupe Nettel
22. *El cuerpo en que nací*, Guadalupe Nettel
23. *Wasabi*, Alan Pauls
24. *Piel de sátiro*, Pilar Pedraza
25. *Lucifer circus*, Pilar Pedraza
26. *Leche*, Marina Perezagua
27. *Abundancia*, Mori Ponsowy
28. *Delirio*, Laura Restrepo
29. *El cojo bueno*, Rodrigo Rey Rosa
30. *El último cuerpo de Úrsula*, Patricia de Souza
31. *La mujer desnuda*, Armonía Somers
32. *Ella*, Jennifer Thorndike
33. *La azotea*, Fernanda Trías
34. *El desbarrancadero*, Fernando Vallejo
35. *El mal de Montano*, Enrique Vila-Matas

ORGANISMOS

LITTLE WONDER

Gabriela A. Arciniegas

A David Bowie

Esa mañana, cuando abrí el armario, me encontré una pierna. No tenía señas de haber sido arrancada, solo estaba ahí, moviendo levemente sus dedos, como cansada de esperar. ¿Qué hacía ahí? Decidí no responder esa pregunta porque no había mucho tiempo para pensar en ella. Iba tarde a la universidad. Luego, cuando me estaba duchando, encontré también una mano colgada de la llave del agua fría. Ahí empecé a inquietarme. Pero tenía que vestirme.

Ya había olvidado ese par de incidentes al subir al bus, pues, a fin de cuentas, cuando uno se encuentra entre la vigilia y el sueño, las cosas pueden confundirse y adquirir rasgos de fantasía.

Me encontraba compartiendo un poco de catatonia con los demás pasajeros —es lo único que se puede compartir con los congéneres en una ciudad como esta— y tratando de que mi subconsciente no se intoxicara con tan fuerte dosis de vallenatos y de música romántica cuando, no sé de dónde, cayó algo sobre mis piernas. Era un dedo.

Miré para todos lados para ver si alguien lo había perdido, pero solo encontré más catatonia, más de aquella tierna imbecilidad en las miradas de las gentes que dormían de pie como simios domesticados en un vagón de tren de circo. Al no encontrar respuesta y no saber qué más hacer con el dedo en cuestión, decidí guardarlo en mi maleta y abrirme paso hacia la puerta trasera. Ya estaba cerca del paradero.

Cuando iba pasando frente a la cafetería, mis tripas me hicieron recordar que no había desayunado. Entré y compré un café y un sándwich —con hambre te comes cualquier porquería—, le eché dos cubos de azúcar al café, lo revolví y la cuchara salió más pesada. Sobre ella había un ojo azul, perfectamente redondo, se volteó hacia mí y me miró; no sé si fijamente o si el efecto era porque no tenía párpado. En ese momento fue cuando empecé a sospechar que ya eran demasiadas coincidencias para tan temprana hora del día, que algo estaba pasando. Saqué el dedo de la maleta y lo puse al lado del ojo para establecer algún tipo de comparación, si es que era posible entre órganos tan disímiles. El ojo no le quitó la mirada al dedo hasta que los volví a guardar a ambos.

En ese momento ya no me sentía bien; necesitaba hablar con alguien. Desde un teléfono público intenté llamar a una de mis amigas, pero el teléfono se tragó mi moneda. Le di un golpe y a cambio salieron cinco dientes blancos. ¿Quién podría ser el despistado o despistada que estaba dejando partes suyas por toda la ciudad? ¿Acaso era una llamada de auxilio? ¿Acaso era más pobre que Hansel y Gretel y no tenía ni siquiera pan para dejar un rastro? Ahí no había clase ni examen parcial que valieran. En ese momento todo se había ido al carajo definitivamente, y yo andaba por las calles en busca de... No sé.

Como a las dos horas, cansada y mareada de tanto observar el suelo, cogí un bus hacia mi casa. Cuando caminaba por el corredor para buscar un asiento, oí que alguien gritaba con desesperación. En realidad no era un alguien sino un algo. Una boca, pisoteada y llena de polvo, estaba debajo de un asiento, aunque no pude entender lo que decía. Balbucía, más bien. Al mirarla deduje que le faltaban algunos dientes, y pensé que los que había encontrado en el teléfono le podían pertenecer. La recogí suavemente y la metí en un bolsillo de la maleta, diferente del lugar donde había metido el resto, pues me preocupaba que mordiera a los otros. Como no hacía más que gritar...

La cara era definitivamente de un hombre. De un hombre joven y apuesto, a decir verdad. La encontré camino hacia mi casa, al pie de un árbol, con el ojo que faltaba, la nariz y una oreja. La salvé de que algún perro se le orinara encima o de que la cogiera de hueso prestado. La otra oreja la encontré colgada de la puerta de la casa; el tronco me había llegado esa mañana con el correo del día, cuidadosamente envuelto, y la mano restante, con cuatro dedos, me esperaba cómodamente recostada contra un racimo de uvas en un frutero de la cocina. La otra pierna, en cambio, estaba en la nevera. En una semana ya tenía todas las piezas y las había armado como a un rompecabezas tridimensional y vivo. El que las había perdido, como dije, era un hombre. Un hermoso hombre. Cuando lo hube completado, todas sus partes se calmaron. Él dormía.

Entonces, lenta, perezosamente, abrió los ojos. Me miró un instante en el cual lo vi angelical y perfecto. Abrió la boca y tomó aire mientras yo lo observaba como un relojero: el modo, la velocidad, la sincronicidad con que movía cada músculo de su rostro. Me preguntaba qué tenía que decirme después de quién sabe cuánto tiempo de estar disperso. Pero no me dijo nada. Solo soltó un gruñido fuerte, grave y desgarrado, que le deformó las facciones. Lo que tenía en el fondo de sus ojos no era humano, era aberrante. Aproveché la torpeza de sus miembros, sus partes desacostumbradas a obrar al unísono, y desencajé cada dedo y cada órgano con toda la destreza que pude, a pesar del temblor que me poseía al ver su cara deformarse con esos gruñidos bestiales. Luché contra su boca, que no dejaba de gruñir, hasta que conseguí arrancarla. Luego le saqué los ojos con una cuchara y logré desatornillarle el cráneo. Cuando tuve todas esas piezas sobre el suelo, algunas aún moviéndose, otras quietas o pasmadas, mi corazón quedó latiendo fuerte por un rato y me dejé poseer por la sensación de que todo ese tiempo que gasté para reunir y componer ese montón de partes había sido en vano, y que quizá había existido una persona antes que yo a quien le había pasado lo mismo: encontrarse con un adefesio vivo, perfecto pero aberrante. Lo primero que se me ocurrió fue enterrarlo en algún lugar lejos de mi casa, pero la idea de que esas piezas volvieran a juntarse para formar de nuevo aquella monstruosidad me produjo escalofríos. Además, me di cuenta de que había en mí una vaga esperanza de que alguien, algún día, lo armaría de la forma correcta, de que encontraría esa parte que le faltaba y lo haría hablar y razonar. Aún sentía un vacío indecible y una pregunta vasta y ácida acerca de quién lo había creado o de dónde había salido; y esa pregunta se albergaba en mi estómago mientras metía todo en bolsas de basura y volvía a esparcir el centenar de partes por toda la ciudad.

INYECTA

Aldo Medinaceli

I

Al despertar le dije a la enfermera que ya no necesitaba
las inyecciones, pero ella vertió la solución de la jeringa
en mis venas. Imaginé aquel líquido diluyéndose en
mi sangre, ingresando en los pulmones, apoderándose
de los lugares donde antes circulaban solamente mis
propios fluidos. Sentí un leve cosquilleo en la base de la
mandíbula.

Algunos pacientes dejaban caer sus babas sobre
las sábanas. Otros tosían, lanzaban escupitajos sobre un
recipiente metálico o llamaban a Amiraya presionando
el botón que cada uno tenía sobre su viejo catre.

A quién le pertenece nuestro cuerpo, pareció
preguntar el anciano de la cama de al lado.

El accidente ocurrió en la fiesta anual de la Compañía.
Los invitados conversaban en la orilla del río. La
propiedad era inmensa. Varios árboles se formaban en
filas perdiéndose en el horizonte. Intentamos cruzar el
río por la parte equivocada. Nadie más se lastimó al caer.
Durante los días que estuve en el laboratorio llegué a
pensar que aquella fiesta, la música que sonaba de fondo
e incluso los invitados, formaban parte de un escenario
preparado especialmente para que alguien cayera al

agua.

Fue extraño porque no recuerdo los golpes ni las causas de la caída. Solamente el líquido. Mi cuerpo llenándose cada vez de más y más agua. Y la sensación de asfixia como una droga adormeciéndome. No sentí miedo, solo dejé que la ansiedad creciera como un orgasmo del que no quería despertar. Luego aparecieron las luces de una ambulancia, los equipos paramédicos y el rostro de varias personas que no había visto nunca antes.

Amiraya lucía una espléndida sonrisa aquel día, tan artificial como la vida que ahora ingresa en mi cuerpo a través del suero. Ella era la única enfermera y su principal tarea consistía en revisar que los tubos plásticos estuvieran despejados. La mayor parte de aquel día aparece en mi memoria en forma borrosa, como si el agua se hubiera llevado muchísimos recuerdos, o como si el accidente me hubiera hecho dar cuenta de que toda mi vida hasta ese momento había sido una absurda secuencia de hechos.

La mañana siguiente estaba tendido en la cama de un inmenso laboratorio. Nos trasladaron a un lugar más amplio porque el hospital estaba lleno, dijeron. Era un espacio iluminado. Las losas del piso relucían al amanecer pero a la noche aparecía otra vez todo desprolijo.

Escuché abrirse la puerta.

Cómo despertaron hoy, preguntó Amiraya sin ninguna emoción en su voz.

Necesito vendajes nuevos, respondió el anciano de la cama de al lado. La luz me quema los ojos, dijo.

Me di cuenta de que tenía la vista cubierta con un par de gasas blancas.

El viejo estaba ciego.

Amiraya se le acercó y, luego de observar la luz encendida del intercomunicador, salió sin revisar a los demás pacientes.

La Compañía nos envió un televisor para que lo mirásemos durante las tardes, cuando el sol entraba por las ventanas y era necesario cerrar las cortinas porque el calor podía dañar los artículos colocados sobre las mesas y estantes. Yo le explicaba al anciano las imágenes que aparecían en la pantalla, los dramas en las telenovelas, los argumentos de los videos musicales, hasta que al fin me dijo que no me preocupara, que no era necesario.

En el laboratorio sentíamos el progresivo ascenso de la temperatura y nuestras conversaciones, formadas por monosílabos, pedidos y señas, se convertían en discusiones que atizaban más el lugar.

Después la televisión hizo posible que ni siquiera hiciera falta hablar, que nuestra única interlocución fuera con la pantalla, entre las inanimadas siluetas y alguna que otra reacción de lo que veíamos. A veces las silentes imágenes de algún desfile o evento de moda convertían al laboratorio en un extraño museo donde solamente se oía el goteo adentro de los sueros transparentes.

Durante los días que la televisión estuvo con nosotros cada uno se volvió más dócil. No volvimos a discutir. Tampoco era extraño ver a alguien repitiendo con precisión los gestos, modos de hablar e incluso el razonamiento de los personajes de las teleseries o espacios informativos.

Una noche miré de frente el rostro de Amiraya. No parpadeó ni una sola vez durante la revisión.

Cuándo sabré lo que me pasa, le pregunté sin ambages.

No se preocupe por eso, me dijo sin inmutarse, ahora lo importante es revisar sus reacciones.

Pero… quise insistir en el tema.

No se mueva, ordenó sosteniendo mi brazo, levantando la mirada para ver si alguien más estaba despierto.

No dormí toda esa noche.

Antes del amanecer me moví de un lado a otro hasta que al fin pude sentarme. Me paré y caminé en dirección a la puerta, hasta donde me permitían avanzar los tubos. La oscuridad y el silencio no me causaban miedo, pero sí una helada gota de sudor en la espalda.

No, dijo Amiraya, parada bajo el umbral, señalándome la luz roja del intercomunicador como si su significado fuera tan evidente como un letrero que dice silencio.

Quise salir de todas formas.

No, repitió, sin añadir ningún tipo de emoción a su voz.

Tengo que regresar a casa, le dije, pero Amiraya ya había salido cerrando la única puerta del laboratorio.

La tarde que llegaron las gemelas fue ajetreada. Eran idénticas, quiero decir que no se podían diferenciar la una de la otra, eran dos niñas como de siete años que llevaban el mismo peinado y un vestidito lleno de flores con adornos de una época antigua.

Y a ellas qué les pasa, preguntó uno de los pacientes del rincón quien casi nunca hablaba.

Son hermanas, dijo Amiraya.

Y eso qué significa, insistió. Nosotros queremos saber qué les pasa.

Y yo le digo que ellas son hermanas, repitió Amiraya. Luego se encendió la luz roja del intercomunicador y Amiraya se fue.

A veces las gemelas cantaban echadas una al lado de la otra sobre sus camas idénticas.

Un elefante se balanceaba sobre la tela de una araña, coreaban al unísono, siguiendo la melodía de la canción.

Yo pasaba los días conversando con el anciano de la cama de al lado. A veces me pedía que le describiera la ciudad al otro lado de la ventana. Era difícil explicar el aspecto de las cosas porque siempre quería que las comparase con aromas, sonidos o experiencias, en una alquimia cotidiana que no siempre obtenía buenos resultados.

Me dijo que antes de ingresar al laboratorio se dedicaba a relatar historias en plazas y avenidas. Que iba sacando papelitos de un sombrero en donde los transeúntes le escribían nombres, lugares, emociones, en fin, toda clase de elementos para que él improvisara sus historias, las que incluían aventuras, romances y ese tipo de cosas. A veces vendía ediciones rústicas en los vagones del metro. Me dijo que solía sostener un megáfono y *cantar* interminables poemas. Le gustaba utilizar ese verbo: *cantar* en lugar de *contar*, porque, me decía, sus representaciones eran una puesta en escena real, todo lo contrario a una tradicional declamación. Los transeúntes le lanzaban monedas o billetes cuando alguna imagen les conmovía o algo así.

El anciano había recorrido varias ciudades del mundo contando esas historias. Afirmaba que componía pensando más en las emociones que podía transmitir que en términos gramaticales. Preocupado me dijo que sentía una extrema dependencia con el lenguaje, como si cada palabra se fermentara en su interior antes de ser expresada, o le causara un irremediable mal. Precisamente debido a eso quería liberarse de su lenguaje enfermo. Aquella era la causa del exorcismo que representaba cada día en las calles, que no tardaría en dejarlo postrado en este laboratorio.

Efectivamente, una tarde afuera del Museo de Orsay en París se le nubló todo. Sus ojos empezaron a fallarle. Solamente percibía las luces de los automóviles cruzando velozmente las calles y los colores de un semáforo. Después estaba sumergido en una materia acuosa que poco a poco se fue oscureciendo.

Luego ya no recordaba nada, me dijo. Únicamente haberse despertado en este lugar, rodeado de las personas que ahora nos acompañaban.

Me decía que mi llegada le había alegrado porque así tenía alguien con quien conversar.

¿Ha leído *Las mil y una noches*?, me preguntó el anciano.

No, le respondí.

A veces, la única manera de seguir vivo es contar historias, me dijo.

A qué se refiere.

Cada vez que viene la enfermera, yo le pregunto si quiere escuchar cómo fue que llegué aquí, ella me responde siempre que sí.

Y eso quiere decir…

Que no importa lo que yo le cuente, me dijo, ella siempre asentirá con la cabeza. Me dirá cosas como «qué interesante», «qué lindo», o de lo contrario, «qué pena». O bien «no sabe cuánta tristeza me da». Y luego yo le contaré otra historia.

Entiendo, eso alarga su estadía en este lugar.

Así es, porque la historia nunca es la misma, pero ella jamás se da cuenta.

Y por qué hace eso, le pregunté. Quiero decir... cambiar todo el tiempo

Porque no todos seguimos el mismo tratamiento, me dijo el anciano de la cama de al lado. Yo estoy esperando una sola inyección. No sé cuándo me toque, siguió diciendo, pero cuando llegue será el final.

Empecé a creer que jamás saldría del laboratorio, que mi cuerpo se quedaría postrado para siempre en este lugar, custodiado por los empleados de la Compañía. Al día siguiente reaccioné con una sensación de miedo y sequedad en la garganta, estaba adormecido y las persianas no me avisaban nada de la hora o del clima. Las inyecciones estaban generando diversos efectos, hacían que comenzara a ver siluetas de aviones por todas partes. Entre los tubos, por la estructura de los estantes, ascendiendo por las paredes. Salían de los ojos de los pacientes y de los barbijos de tela del personal. Invadían la realidad planeando en círculos sobre cada objeto. Un día se estrellaron contra las dos torres de papel apiladas sobre una de las mesas del laboratorio.

La luz roja del intercomunicador se encendió nuevamente.

Las gemelas estaban dormidas.

Nadie hacía ningún ruido.

¿Está encendida, verdad?, me preguntó el anciano de la cama de al lado. Cada vez que se enciende sabemos que algo va a pasar.

No pude averiguar cómo supo que estaba encendida

la luz. Tal vez debido a algún sonido que nadie más oía, o al imperceptible calor que producía el bombillo.

De hecho, dijo el anciano, creo que el intercomunicador es uno de los principales objetivos de este laboratorio, me confió.

Luego añadió:

La Compañía está en todas partes, es infinita.

Aquello fue lo último de lo que hablamos antes de que se lo llevaran.

No hubo oportunidad para despedirnos. Se lo llevaron esa noche en silencio.

Las tardes eran calurosas. A veces Amiraya aparecía con dos o tres pacientes que ingresaban y se iban sin intercambiar ni una sola palabra con los demás internos. Un día llegó una mujer muy maquillada luciendo una sonrisa perversa en el rostro. Hacía comentarios como «yo quiero la aguja más grande», «mi cuerpo es otro», o «he dejado de ser una sola». Después de que la acomodaron junto a la ventana, una de las gemelas se despertó.

La niña se quedó mirando en todas direcciones. Estaba atontada y tenía algunas manchas rojas en el rostro. Llamaba a su hermana pero ella no le respondía.

¿Sabe?, me dijo el paciente del rincón. A ellas nunca les dan el mismo tipo de inyección. Usan diferentes líquidos para cada una, solo así logran medir los efectos. Creo que de eso se trata, me confesó, de las diferencias. Luego se giró dándome la espalda.

Al día siguiente aquel paciente intentó huir, pero un empleado de la Compañía lo retuvo en el umbral del laboratorio. Era como estar conectado a una red de vigilancia, un sistema que podía rastrear nuestros cuerpos desde cualquier lugar del planeta mediante cámaras, micrófonos y esas cosas.

La mujer maquillada no tardó en cambiar de actitud. Le lavaron el rostro y su transformación fue evidente. Tenía más arrugas de las que deseaba admitir.

¿Por qué está aquí?, le pregunté.

Por voluntad propia, me dijo. Allá afuera la vida es muy dura, ¿verdad? Siempre decimos que existe una luz al final del túnel… que las cosas van a mejorar, ya sabe, ese tipo de cosas. Pero la verdad es que todos estamos enfermos, dijo mirando para otro lado.

Me contó que su familia no estaba de acuerdo con su manera de vivir. Ella se acostaba con hombres por dinero, vendía algunas drogas y, según me dijo, se había inyectado en el cuerpo todos los tipos de líquidos que se habían inventado para evadir la realidad, o para hacerla más placentera.

No quiero hacer daño, me aseguró, pero siempre termino haciéndolo, es como si fuera algo natural. No sé si tenga algo que ver con las drogas, me dijo, pero es inevitable.

Tenía dos hijos, uno de catorce años y la menor de nueve. Habían quedado bajo la custodia de la Compañía. Ella siempre hablaba haciendo muecas exageradas, enarcando las cejas o frunciendo los labios para darle más énfasis a lo que decía, como si ella misma intentara convencerse de la veracidad de cada hecho. También me dijo que jamás pensó en ingresar en el laboratorio, que todo estaba bien hasta que su padre se quitó la vida, entonces decidió internarse.

Los días siguientes se fueron llevando a más pacientes. Incluso hubo tardes en las que tuve el laboratorio para mí solo.

La noche anterior a recuperar mi libertad soñé con objetos que volaban por el aire. Cada objeto del laboratorio irradiaba una luz insoportable. Podía percibir el olor de cada cosa con intensidad. El óxido de los catres, el aliento del material quirúrgico, el plástico de los envases expuestos hacia el sol. Vi una silueta vestida con las mismas batas blancas del resto del personal que se acercó sin hacer ningún ruido y observó mi rostro por varios minutos.

No quise interrumpir el sueño pese a que entendía que era un efecto de las inyecciones. Las primeras imágenes fueron horribles. Se parecían a los volcanes en erupción. Un caldo rojizo que hervía como si solamente existiera caos sobre la tierra. Después contornos que resplandecían.

Recuerdo un anfibio en estado embrionario con cuatro protuberancias que pronto se convertirían en sus patas. Luego la llegada de un proyectil que terminó con todo pero al mismo tiempo trajo un nuevo tipo de vida. Entonces vi una pradera llena de recién nacidos y un río que cambiaba de color a cada instante.

Eran formas que habían sido ignoradas por mucho tiempo. Formas que crecían día a día en su propia soledad y que, curiosamente, al ser descubiertas se iban debilitando.

En medio de las imágenes aparecían las escenas de los días anteriores: Amiraya vistiendo sus guantes color verde agua, eligiendo los instrumentos quirúrgicos, intercambiando las soluciones de los pacientes en forma aleatoria.

Aquellas siluetas se alargaban hasta alcanzar la luz del techo. Se alejaban y acercaban velozmente. El silencio era dominante, aunque lográbamos comunicarnos de una manera silenciosa.

En el sueño las jeringas no estaban cargadas con líquidos sino con palabras que ingresaban en nuestra corriente sanguínea en forma de largas frases que luego ascendían hasta la parte superior de la columna, cerca de la cabeza, donde se combinaban con los recuerdos de cada paciente, como discursos apoderándose de nuestros cuerpos.

En el sueño el anciano de la cama de al lado regresaba para decirme que los tratamientos consistían en hablar y hablar hasta expulsar la enfermedad por completo. Que lo único que teníamos que hacer era conversar. Que estábamos allí para decir cosas, que no importaba qué cosas, lo importante era hacer circular la información. Y que hablar en verdad era lo más difícil en la vida.

También me decía que Amiraya era solo un eslabón más en la cadena que conformaba la Compañía. Entonces ella se le acercaba y le avisaba que la luz roja del intercomunicador estaba encendida. Y el anciano ya no me decía nada.

Luego aparecía la mujer maquillada, caminaba despacio hasta mi catre y me decía al oído que no quería salir porque todo le daba miedo. Le daban miedo los policías, le daban miedo los semáforos y las luces de la ciudad. Me dijo que no podía olvidar la muerte de su padre y que ella en verdad lamentaba lo que había sucedido. Me repitió que su padre tal vez se había suicidado por su culpa y que afuera solo había cosas que le recordaban esa muerte.

En el sueño las gemelas jugaban todo el día. Se divertían inventando nombres para cada objeto del laboratorio. Primero utilizaban solamente la primera vocal, con algunas consonantes, luego la segunda y así hasta el final. Cantaban algo relacionado al crecimiento de sus extremidades. En un momento las sorprendí observándome desde el otro lado de la ventana, en un siniestro juego de equilibrismo.

En el sueño, el laboratorio también se convertía en un artefacto volador. Una nave que al mismo tiempo era un barco, que al mismo tiempo era un ave, que al mismo tiempo era una libélula.

La mañana siguiente todo estaba como de costumbre, sin mayores cambios, solamente las sábanas cubiertas de un sudor frío y el cielo apacible al otro lado de la ventana.

Puedes irte, me dijo Amiraya. Su rostro reflejaba la luz que ingresaba por los inmensos ventanales.

Qué significa eso, le pregunté. Su voz era clara y sus palabras precisas. Sin embargo no podía —o no quería— entender lo que quería decirme.

La Compañía quiere que te vayas, dijo como siguiendo un predeterminado orden de respuestas. Mañana vamos a ocupar tu cama con otra persona, concluyó.

Estuve caminando durante todo aquel día de un lado a otro, sintiéndome observado desde todos los rincones del laboratorio. Calculé que estaría en el piso cincuenta o sesenta de una edificación remota.

Sabía que ya podía irme pero la fuerza de la costumbre impedía que tomara cualquier tipo de decisión. Lo más obvio era suponer que mi tratamiento había concluido. ¿Pero de qué tratamiento hablaba si ni siquiera comprendía cuál era mi mal? Luego del accidente mis días se habían reducido a una secuencia de hechos aislados, a una existencia artificial que impregnaba cada una de mis acciones.

Intenté serenarme, recordar cómo había llegado hasta aquí. Rememoré algunas de las palabras del anciano, de la mujer maquillada y de las gemelas. Solo tenía claro que estaba libre.

Abrí la puerta.

II

Alguien me dijo que el cuerpo se renueva cada cierto tiempo. Meses, semanas, no estoy seguro. Que las células, los tejidos y funciones fisiológicas son un movimiento inasible, parecido a los veinticuatro cuadros por segundo del artificio cinematográfico. Se podría decir: la ilusión de una energía aglutinante —un pegamento cósmico— que corrobora la existencia del cuerpo. ¿Quién era yo luego del tiempo en el laboratorio? ¿En qué me había convertido después de las inyecciones en mi organismo? No pude evitar sentirme desengañado, lanzado al mundo como un ser hecho de palabras y fragmentos, conformado por rastros de lo que alguna vez fui: la ecléctica suma de los líquidos, recuerdos e información que me conforman.

Mi mente estaba saturada con varios tipos de enunciación. Algunos seguían direcciones contrarias, convirtiéndome en una mezcla de diversas ideologías, esperando a ver cuál se descuidaba para ocupar el lugar principal.

Caminé por las calles pensando en los días anteriores, sintiendo las directrices que me conducían hacia la relativización de todo cuanto pudiera ver, sentir o creer. Las inyecciones habían sido mi alimento por mucho tiempo, pero ahora eran una carga que deseaba expulsar en cuanto tuviera la mínima oportunidad. Me sentía un ser hecho de palabras, de lenguaje, de información. Sentía que toda esa materia de datos e imágenes intentarían cristalizarse en mi cuerpo en cualquier momento.

Ingresé al primer centro comercial que encontré. Descendí las gradas de un baño público en uno de los niveles más alejados y vomité todo lo que me convertía en un experimento híbrido, en la transculturación de miles de años de horrores y de condenas, liberando una fuerza indómita, logrando expulsar estructuras anquilosadas, sustancias malolientes que una vez fuera de mi cuerpo no tenían manera de sobrevivir. Agaché la cabeza hasta donde podía para limpiarme cuando el exorcismo había terminado. Estuve arrodillado sobre la superficie húmeda de aquel oscuro y maloliente ambiente durante varios minutos hasta que por fin sentí el vacío.

¿En qué momento decidí dejar de dedicarme a la sistemática destrucción de las cosas? ¿Cuándo inicié esta renovación en algo que ni siquiera yo sospechaba fluyera en mi organismo, entre los líquidos más oscuros y las ramificaciones de mis nervios? ¿De dónde salió esta necesidad? ¿Fue planificada? ¿Impuesta? A veces pienso que todo sucedió solamente en el plano ficcional, como un atípico y prolongado sueño del que no puedo salir porque no sé bien qué me espera del otro lado.

A veces pienso que comencé a renovarme cuando di el primer paso fuera de casa, que aquel fue el inicio del desprendimiento, como las estelas de las embarcaciones o una fotografía mal enfocada que sincroniza su estadía en diferentes lugares al mismo tiempo. Ahora me pregunto quién no afectó mi forma de ser de hoy en día, cuál de las personas con las que me encontré no habita hoy mismo mi interior y cómo dejé de pertenecer —si es que alguna vez lo hice— a la Compañía de la que alguna vez fui parte.

Escribo desde la incertidumbre, desde la duda absoluta, liberado ante la inmensa gama de posibilidades que se me ofrecen. No puedo decir más «soy esto» o «soy lo otro», cuando la fluidez de nuestros elementos hacen que la identidad sea algo tan difícil de atrapar.

No sé si mi estadía en el laboratorio fue un experimento anómalo en el que tuve la mala suerte de caer, o se convirtió en un análisis de las partes que me conforman. Desde aquel desengaño no existe un momento de quietud absoluta. Siento las miles de partículas en continuo movimiento, danzando sin otro orden que el esquema que voy construyendo a cada instante, como las fichas de un tablero que cambia, no solamente de reglas y jugadores, sino incluso de jueces.

La mía no ha sido una excepción, sino la contundente prueba de que nadie —ni el anciano que rezaba a mi lado todas las noches, ni las dos niñas gemelas y asustadas del fondo, ni Amiraya con su aura de modelo apocalíptica— puede asirse a ningún dogma permanente, que el cambio perpetuo es solamente la condición primaria de una época que recién comenzamos a habitar.

LA GRANJA

Izaskun Gracia Quintana

Es lo único que sé hacer. Criar ganado, digo. Es lo único que sé hacer, porque no me he dedicado a otra cosa en toda mi vida. Mis abuelos construyeron esta granja, de la que después vivirían mis padres y mis tíos, y ahora yo soy el encargado de sacarla adelante, a pesar de las dificultades. Ni se imagina. No es que este trabajo haya sido fácil alguna vez, porque vivir del campo o del ganado nunca lo es, pero en los últimos años se ha convertido en una tarea casi imposible. Parece mentira. Tanto avance y al final… ¿Mis abuelos? Mis abuelos criaban vacas, cerdos, pollos… lo habitual. Tenían también una pequeña huerta, lo que les permitió sobrevivir a las dos guerras en mejores condiciones que muchos de sus vecinos, pero su principal fuente de ingresos fue siempre la granja, por supuesto. Vendían leche, queso, huevos… y embutidos, cuando era época de matanza. Mi madre y mis tíos aprendieron el oficio de sus padres y todos ellos (salvo mi tía Luz, que estudió medicina y trabajó durante toda su vida en un hospital de la zona), se dedicaron a la crianza de animales. Cuando mis abuelos fueron demasiado mayores o se sintieron demasiado cansados para seguir trabajando, mi madre (que ya se había casado) y mis tíos se ocuparon de la granja. Hicieron una gran obra para poder hacerse cargo de más animales y siguieron vendiendo productos derivados de la crianza, aunque de forma más profesional, por decirlo de alguna manera. Si mis abuelos habían vendido huevos, leche y demás a los vecinos (y, de vez en cuando, en las ferias que solían organizarse en la región), mis padres y mis tíos lograron ver sus productos a la venta en supermercados de todo el país. Se hicieron con un pequeño nombre en la industria, lo cual considero realmente admirable, y durante varios años les fue bastante bien. No es que nadaran en la abundancia, pero lograron que a ningún miembro de la familia le faltara de nada. Tenga en cuenta que estamos hablando de finales del siglo XX; todo estaba empezando a torcerse, aunque nadie quisiera darse cuenta de ello… Me refiero a la situación en general, no solo a las crisis económicas que llegarían pocos años después. Éstas nos afectaron, claro, pero al ser la nuestra una empresa familiar, con pocos empleados y no muy grande, nos mantuvimos a flote. Sobrevivir a la guerra fue más difícil. Mi tío Juan murió en el frente, como muchos de nuestros conocidos, y tuvimos que enterrar a varios familiares a causa de lo que llamaban entonces «enfermedades asociadas», que no era sino la forma políticamente correcta de nombrar las afecciones causadas por los gases venenosos o por las armas bacteriológicas… El gobierno puede decir al respecto lo que le venga en gana; aquí todos hemos visto avionetas salidas de quién sabe dónde fumigando la región, así que nadie puede decirnos de qué han muerto los nuestros, porque lo sabemos muy bien… Pero eso ahora da igual. Estaba hablando de la guerra, sí. Fue muy duro. Yo ya trabajaba en la granja cuando estalló y el recuerdo más vívido que tengo de aquellos años, además del hambre que pasábamos, era el tener que amontonar y quemar animales muertos todos los días:

los nuestros, las mascotas de los vecinos, los animales del bosque... incluso insectos, figúrese. Teníamos que manejarlos a paladas; ni sé cuántos kilos podíamos llegar a quemar a diario. No había jornada que llegara a su fin sin que algún animal hubiera fallecido, generalmente tras haber pasado un par de días tumbado, quejándose e incapaz de comer o beber. Era terrible... Sí, sí, ocurrió en todas partes al mismo tiempo. Al principio, pensamos que era un problema de esta zona; del país, incluso, pero qué va, las noticias que llegaban del resto del mundo confirmaban que los animales (cualquier tipo de animal: mamíferos, reptiles, peces, insectos... en cautividad o en estado salvaje, daba lo mismo) se estaban muriendo y nadie sabía por qué. Y entonces les llegó el turno a las plantas. Aún se estaba decidiendo cómo actuar con el problema de la fauna, cuando la flora empezó a desaparecer. Primero, morían las plantas domésticas; es decir, las que la gente tenía en casa o las cultivadas en huertos, jardines y tierras de labranza, y después las de los bosques y selvas. Ocurrió con mucha rapidez, como en el caso de los animales: un día, a las hojas de una planta se les oscurecían los bordes y en cuarenta y ocho horas la planta en cuestión se había secado completamente. Era imposible aprovechar nada, ni siquiera los frutos (si los había), pues se pudrían en pocas horas. Y así llegó el fin de la guerra, claro... Me la trae floja lo que digan los políticos. Si se firmó el Tratado de la Hermandad (hay que ser hipócrita para ponerle tal nombre) fue porque los mismos dirigentes que nos habían metido en una tercera guerra mundial se dieron cuenta de que el planeta se moría con rapidez (si hubiese seguido muriéndose al ritmo de los cincuenta años anteriores, a nadie le habría importado lo más mínimo) y de que no podían seguir bombardeándose entre sí si querían salvar el culo. No se engañe: la guerra estalló y se terminó por intereses económicos, como pasa siempre. Ni conciencia ecológica ni amor por la humanidad ni tonterías por el estilo. Y cuando terminó la guerra llegó el hambre, lo cual era de esperar, teniendo en cuenta que el 75% de la flora y la fauna había desaparecido de la faz de la Tierra y que, en consecuencia, la protección de lo poco que quedaba pasó a considerarse un asunto de vida o muerte (siempre lo había sido, pero hasta entonces no le había importado lo suficiente a nadie como para hacer algo al respecto). Ya conoce las leyes: a todo aquel que dañe o acabe con la vida de un animal o una planta se le aplicará automáticamente la pena capital. Sin juicios ni procesos de por medio. ¡Bah! Al principio, a los ganaderos y granjeros nos permitieron mantener los animales que habían sobrevivido, aunque, por supuesto, no podíamos sacrificarlos. Eso salvó a nuestra familia durante un tiempo, pues pudimos alimentarnos de la leche y los huevos que nos daban la única vaca y las tres gallinas que todavía vivían. A medida que las reservas de alimentos se agotaban, la Alianza de Naciones decidió alimentar a la población con preparados sintéticos que, según decían, contenían todos los nutrientes que un ser humano necesita para vivir. Hubo quien dijo que era comida de astronautas. Si he de ser sincero, yo no sé si aquello que nos daban era lo que se comía entonces en el espacio, pero era repugnante. ¡Puaj! Pero ¿qué le voy a contar? Usted también ha comido esa asquerosidad y sabe de lo que le hablo… La cuestión es que no bastaba para alimentar a toda la población, claro, porque no se podía producir suficiente preparado para miles de millones de personas, habiendo, como había, déficit de materias primas. Así que la gente empezó a morir de inanición. Millones de personas morían a diario: en sus casas, en sus puestos de trabajo, en los hospitales, en las calles... Los cementerios se colapsaron, los hornos crematorios dejaron de dar abasto y al final tuvo que intervenir el ejército y llevarse los cadáveres que terminaban por acumularse como motas de polvo por todas partes, porque gran parte de la población había empezado a usarlos como alimento. Llegó a haber bandas organizadas, los «buitres», que se pasaban el día en la calle, al acecho, esperando que un transeúnte desfalleciese o directamente muriera a causa del hambre, para llevárselo lo más rápido posible quién sabe adónde e imagino que comérselo poco después. Cuando los soldados ocuparon las calles y se encargaron de recoger los cadáveres, estos grupos se quedaron sin sustento y decidieron pasar a la acción. Había que tener mucho cuidado con ellos. Solían elegir a sus víctimas en función de su gordura, por lo que cualquiera que fuera algo más que piel y huesos hacía bien en no salir de casa más que lo realmente imprescindible y, en todo caso, procurar hacerlo solo cuando hubiese soldados cerca. Poco importaba que el canibalismo también se penara con la muerte o que se hubiese decretado el estado de excepción: nadie estaba a salvo. Cualquiera podía ser atacado nada más poner el pie en la calle. Se llegó a tal punto de inseguridad y de falta de alimentos que la Alianza de Naciones se vio obligada a tomar cartas en el asunto (bien porque el problema lo requería, bien porque varios políticos y sus familias habían sido atacados y devorados por sus sirvientes), y no tuvo más remedio que regularizar la situación. Primero, se aprobó la Ley del Primer Cuerpo, según la cual toda pareja oficial (entendiendo como «oficiales» los matrimonios y las parejas de hecho inscritas como tal en el registro) estaba obligada a concebir un hijo y entregárselo al Estado una semana después de su nacimiento. La Ley de los Cuerpos Alternos, que entró en vigor al mismo tiempo, establecía que, si una pareja tenía más hijos, debía así mismo entregarlos al Estado de forma alterna, es decir, los padres podían quedarse con los hijos pares (el segundo, el cuarto…), pero tenían que entregar a los impares (el primero, el tercero…). Se suponía que la puesta en práctica de estas leyes debía ayudar a paliar el hambre reinante (pues los cuerpos entregados a las autoridades eran convenientemente procesados y servidos a la población junto con el preparado sintético), pero no fue así. Estaba claro que no iba a funcionar, por una gran cantidad de motivos diferentes: primero, llevar un embarazo a buen término con la falta de alimentos que había entonces y con el nivel de estrés con el que había que lidiar a diario era casi imposible; segundo, la obligación de entregar la mitad de la prole para alimentar al resto del mundo hacía que la mayoría de las parejas no se inscribiera en el registro (o que se separara de cara a la galería y continuara en secreto con su relación) y que, por supuesto, se asegurase por todos los medios posibles de no engendrar una criatura, ni siquiera por accidente; y, por último, como se puede usted imaginar, la gente que seguía teniendo hijos ideó un millón de trucos diferentes para no tener que entregarlos (o, al menos, para no entregar tantos como en teoría debía): desde ocultar el embarazo, primero, y falsificar los libros de familia y los certificados de entrega, después, hasta comprarles a madres solteras sus recién nacidos a cambio de cantidades variables de preparado sintético (éstas iban a tener que entregarlos de todas maneras, debido a la Ley de Entrega Monoparental, que estipulaba la entrega al Estado de todo bebé nacido fuera de una pareja oficial) y hacer pasar a esos bebés por los propios. Al ver que la situación seguía siendo insostenible y que el ritmo de muertes no disminuía (porque la gente seguía muriéndose de hambre, porque seguía siendo asesinada o porque los buitres morían debido a las enfermedades transmitidas por la carne de los cuerpos que devoraban), la Alianza de Naciones decidió revocar la Ley del Primer Cuerpo y la Ley de los Cuerpos Alternos varios años después de haberlas puesto en vigor. Al mismo tiempo, se hizo cargo de los pocos animales que quedaban en las granjas y los reubicó en los Centros de Preservación Animal, donde los científicos intentaban salvarlos de la extinción. Por lo que yo sé, aún lo están intentando y no les está saliendo muy bien que digamos. Pero ese es otro tema. Se aprobó entonces la Ley de Cuerpos de Crianza, gracias a la cual a los dueños de granjas se nos dio la oportunidad de continuar con nuestro trabajo y de poder salir adelante sin dejar de hacer lo que mejor sabíamos (criar ganado), al mismo tiempo que nos adaptábamos a las nuevas necesidades del mercado. Nosotros aceptamos, por supuesto, y desde entonces (y ya va para veinte años; es increíble cómo pasa el tiempo) nos va relativamente bien, aunque nos costó un poco empezar debido al cambio de género. Además, tuvimos que hacer obras y remodelar toda la granja, porque las madres viven aquí y no podíamos tenerlas enjauladas, como antes hacíamos con los animales… No, aquí no se improvisa nada, está todo regulado. De vez en cuando acuden voluntarias a la granja, mujeres jóvenes sin recursos que quieren un techo y un trabajo y les da igual qué hacer con tal de dejar de pasar hambre, pero lo normal es que sea el Estado el que nos envíe a la mayoría de candidatas a madres. Sea como sea, todas, vengan de donde vengan, tienen que pasar una serie de pruebas y demostrar que están sanas, que son fértiles y lo suficientemente fuertes, tanto física como mentalmente, como para tener varios hijos y entregarlos nada más nacer, sabiendo que van a ser utilizados para alimentar al resto del mundo. Los fecundadores también viven aquí, en un ala diferente... Sí, bueno, se dicen muchas tonterías al respecto. ¿Qué se piensa la gente, que vivimos en una orgía eterna? ¡Imbéciles! Desempeñan un trabajo, como lo hacen las madres y como lo hacemos nosotros. Ellos también tienen que pasar una serie de pruebas, como es lógico, y mantenerse sanos y fuertes para ser capaces de copular varias veces al día. Se invierte mucho dinero y muchos preparados sintéticos de primera calidad para que nuestros fecundadores y nuestras madres críen cuerpos sanos que nos puedan alimentar a todos, no podemos permitir que ocupe nuestras instalaciones cualquiera que quiera pasar un buen rato. No es ético ni lógico. ¡Por favor! Además, las relaciones sexuales en la granja están terminantemente prohibidas fuera de las ocho horas de fecundación establecidas por la ley... Para evitar sustos, ¿para qué, si no? Como digo, todo está perfectamente regulado, hasta el último detalle... Eh, no, claro que no es así en todas partes. Existen diferentes procesos de producción porque también existen diferentes mercados a los que enviar los cuerpos. Ésta es una granja bio y, por tanto, aquí la crianza de cuerpos se realiza de manera tradicional. En las fábricas de producción de cuerpos, por el contrario, las madres son fecundadas de manera artificial y alimentadas con preparados especiales para mujeres gestantes que aceleran el crecimiento de los bebés. Allí, la mayoría de los partos se produce aproximadamente seis semanas antes de lo habitual y las madres vuelven a ser fecundadas, por lo general, apenas un mes después de haber dado a luz. Claro, su nivel de producción es muy alto, pero la calidad de los cuerpos deja mucho que desear (tienen demasiada grasa y tienden a sufrir enfermedades infecciosas, por lo que hay que administrarles antibióticos para que puedan servir para el consumo), por eso son tan baratos. Ésos son los cuerpos básicos. Ya sabe, los que se les conceden a las familias con pocos recursos económicos. Según la Ley de Alimentación Básica, todo grupo familiar de cuatro individuos recibe, junto con su ración de preparado sintético diario, un cuerpo una vez al mes. Los grupos familiares con recursos solo reciben el preparado porque se supone que disponen del dinero necesario para comprar cuerpos de calidad, que provienen de granjas como ésta: cuerpos sanos, con poca grasa, que han sido concebidos y alimentados de forma natural. Nuestros cuerpos son caros, sí, pero su calidad es de primera clase. No hay color… En nuestra granja, las madres disponen de habitaciones privadas (no como en las fábricas, donde las hacinan en dormitorios colectivos sin ningún tipo de control) y, fuera de las horas de fecundación, pueden realizar otras actividades… Es muy importante que las madres estén a gusto, por eso disponen de sala de video y biblioteca, e incluso de gimnasio. Son muy felices aquí. No, no pueden abandonar el recinto. Ni antes de quedarse embarazadas ni una vez que se ha certificado que lo están. Entonces, con más razón. ¿Sabe cuánto dinero podrían ganar en el mercado negro a cambio de un cuerpo sano y engendrado de forma natural? A ver si se cree que somos idiotas. De ninguna manera. En cuanto una de las madres se queda embarazada, se pone en marcha el Protocolo de Desarrollo del Cuerpo Nonato: primero, deja de tener relaciones sexuales; segundo, se le realizan exámenes y análisis regulares para comprobar que el cuerpo se desarrolla adecuadamente; tercero, se la vigila de cerca, especialmente en sus salidas al patio; y, por último, en cuanto llega a los siete meses de gestación, no se le permite abandonar su habitación por ningún motivo. Claro que reciben los mejores cuidados posibles y que en ningún sitio van a vivir mejor que aquí, pero nunca se sabe. Tenga en cuenta que trabajamos con seres humanos; a veces, se les meten ideas raras en la cabeza (les dará por pensar que van a vivir mejor ahí fuera, vaya usted a saber) e intentan escapar. Tenemos que ser extremadamente cuidadosos; sobre todo ahora, por culpa de esos lunáticos... Sí, ya sabe, los AAE, los Activistas por una Alimentación Ética. Al principio, eran cuatro pelados, pero cada vez hay más. Raro es el día que no se manifiestan frente a la granja, tiran cócteles molotov y llenan los muros de pintadas insultantes. Es increíble. Parece mentira que tengan tanto tiempo libre y tan pocas ganas de hacer con él algo provechoso. Y, aun así, tocamos madera: no nos podemos quejar, porque los insultos y los cócteles no nos hacen demasiado daño. Hemos oído rumores, ya sabe... Han llegado a quemar granjas con las madres, los fecundadores y los cuerpos recién nacidos dentro. También atacaron a la cocinera esa que sale en televisión, ¿sabe a quién me refiero?... Eso es, la que publicó el libro de recetas para cocinar cuerpos. *Nuevas recetas para nuevos tiempos*, creo que se titulaba. A la pobre mujer le dieron una buena paliza los muy salvajes, casi no lo cuenta. Dicen que somos una aberración, que no está en nuestra naturaleza devorarnos entre nosotros y, mucho menos, tratar a nuestros congéneres como ganado. ¿Se lo puede creer? Hace treinta años teníamos que defendernos de los vegetarianos y los ecologistas de turno, y ahora nos toca lidiar con estos. Son todos unos fanáticos y unos ignorantes. Como si el mundo con el que sueñan fuera posible. ¡Idiotas! La cuestión es molestar y complicarnos la vida al resto… No, no acepto sus argumentos, claro que no, ¿acaso lo hace usted? ¿Cree realmente que somos crueles, que nuestras madres y fecundadores sufren? ¿Cree usted que se puede alimentar a miles de millones de personas sin el trabajo que hacemos aquí? ¡Por el amor de Dios, me dedico a criar ganado, no a la trata de blancas! ¡Yo no estoy esclavizando ni maltratando a nadie, yo estoy salvando a la humanidad!

SEÑORITA

Natalia Mardero

Llegó de la escuela y fue directo al baño a hacer pichi y a lavarse las manos para almorzar. En el camino se fue sacando la mochila y la túnica, y cerró la puerta con el pie al mismo tiempo que se levantaba la pollera.

Cuando se bajó la bombacha vio la mancha. No era ni muy chica ni muy grande, era espesa, de un color rojo oscuro, casi marrón.

—¡Mamá!

El terror le recorrió el cuerpo como un rayo y luego se le instaló en el corazón en forma de palpitaciones. ¿Se había golpeado? No recordaba haberse pegado, como aquella vez que se cayó de la bicicleta de varón de Marcelo y el caño le dio de lleno entre las piernas. Esa vez había sangrado, pero era poco, no era así.

La madre entró al baño y ella le mostró la bombacha. La mujer dudó, desvió la mirada y cerró la puerta.

—No te asustes, no pasa nada —dijo, y abrió el mueble del baño para sacar un paquete de toallas higiénicas—. Te vino la menstruación… ¿Te acordás que hablamos de eso?

—¿Qué?

Sí, sabía que habían hablado de eso, muchas veces. De esas lenguas de algodón que su madre se ponía todo el tiempo, pero que ella creía que no iba a tener que usar jamás. De alguna forma, en su cabeza, había determinado que eso pasaría muy lejos en el futuro, o incluso que era algo que se podía elegir. Como ella no soñaba con tener hijos no le iba a pasar, o al menos tenía mucho tiempo antes de preocuparse. Pero ahora había encontrado eso en la bombacha, una sangre que la dejaba perturbada, roja de vergüenza, de enojo. La madre le trajo una bombacha limpia, la ayudó a lavarse y le explicó cómo colocarse la compresa.

—Le sacás la tira así y la ponés en el medio. Que no te quede ni muy adelante ni muy atrás —dijo tratando de quitarle importancia al asunto—. Al principio te vas a sentir rara, pero después te acostumbrás, ni lo vas a notar.

Salió del baño caminando como un pato. Esa toalla era muy grande para ella, le parecía que tenía un pañal. Para empeorar las cosas sentía que con el roce hacía ruido y que todo el mundo se iba a dar cuenta.

De tarde, mientras merendaba y miraba la televisión, su padre llegó. Entró a la cocina con su madre detrás y ambos se quedaron unos segundos de pie, mirándola. Ella sopló la leche aunque ya estuviera fría y no se atrevió a responderles. El padre balbuceó algo sobre una corredora que en los Juegos Olímpicos había salido primera teniendo la menstruación, y ella escuchó hasta ahí porque luego cerró los oídos y se concentró en el televisor y en las voces que salían de él. Cuando la dejaron sola se le llenaron los ojos de lágrimas.

Iba al baño cada media hora y chequeaba el sangrado. No soportaba sentir la humedad, se cambiaba apenas la mancha comenzaba a cubrir el centro de la toalla. Cuando iba a la escuela, ponía los apósitos en una bolsa oscura, al fondo de la mochila. Trataba de ir al baño sola, sin sus amigas, fuera del horario del recreo. No quería que nadie se enterara. En el pupitre del salón ya no se sentaba a su gusto, con las piernas abiertas, balanceándose de un lado para otro. Se quedaba quietita, con la espalda muy recta, temiendo por desbordes o manchas en la ropa. El mayor temor era que se le pasara a la pollera y luego a la túnica, y que al levantarse todos la descubrieran. Había comenzado a soñar con eso, con una mancha roja implacable y un hilo de sangre que recorría su pierna, con las risas y la desesperación de no tener nada con qué limpiarse o dónde esconderse.

Al tercer mes comenzaron los dolores: espasmos abdominales tan intensos que la dejaban tiesa en la cama, con las piernas recogidas. La madre le preparaba una bolsa de agua caliente, té y le hacía tomar un antiinflamatorio corriente. Ella abrazaba a Horacio, el oso de peluche, y apretaba los párpados con fuerza. Se concentraba en la respiración: su madre le había dicho que respirara hondo, que eso le iba a ayudar. Pero el dolor llegaba a ser tan fuerte que tenía náuseas y se desvanecía, y solo reaccionaba cuando le ponían un algodón empapado de alcohol debajo de la nariz.

Entonces la madre le informó que había pedido hora con el ginecólogo. A ella la idea no le gustó nada, se resistió encerrándose en su cuarto, pero sabía que era la única opción si quería dejar de sentirse así todos los meses, ir a un médico que se especializara en esos asuntos. Preguntó entonces con resignación qué era lo que le iban a hacer.

—Te van a revisar, nada más. Yo voy todos los años —la animó la madre—. Es una forma de controlar que todo esté bien. Tienen una camilla especial donde te acostás y ponés las piernas en unos estribos y así el médico te mira, es todo muy rápido.

—¿Estribos?

—Sí, unos soportes para los pies.

La abuela la felicitó porque ahora era «una señorita» y le regaló un conjunto de ropa interior con florcitas y bordes de encaje. Pensó entonces que lo de señorita, además de estar asociado al sangrado, tenía que ver con las cosas que le pasaban a su cuerpo, porque el cuerpo había comenzado a cambiarle desde antes de la menstruación. Le salió vello púbico y los pechos crecieron hasta convertirse en una molestia, una preocupación. Los dos conitos se hacían notar demasiado debajo de la ropa, y ella se resistía a usar el *soutien* de algodón blanco que le había comprado su madre: la hacía sentirse apretada, demasiado adulta, no le gustaba que se trasluciera. Comenzó a caminar encorvada para disimular los senos y entonces adquirió la costumbre de pellizcar la tela a la altura del pecho y tirarla hacia adelante, como despegándola del cuerpo. El hábito había surgido durante el último verano, por culpa de una musculosa roja, la que tenía en el frente la estampa de una bicicleta BMX y unas letras grandes y azules que decían «*Enjoy the ride.*» Le encantaba esa musculosa. Una tarde en que la llevaba puesta fue con sus amigas a jugar a las maquinitas. De tarde el parador se llenaba de niños de todas las edades y había que hacer cola para jugar porque los más grandes copaban las máquinas nuevas. Convenció a las demás de probar con el *flipper* que estaba contra la pared del fondo, uno de Los Duques de Hazzard que había tenido su apogeo varios años atrás. Ella era la mayor de las tres y la más habilidosa para mantener la bola en juego, así que fue la primera en meter una ficha. Sus amigas observaban desde los costados y gritaban de felicidad cada vez que hacía disparar los números del *display*; entonces la máquina enloquecía y se encendían las luces y sonaba la bocina del General Lee. Uno de los chicos mayores, atraído por el alboroto, se acercó y se paró a su izquierda, a pocos centímetros. Primero miró el *display* y luego a ella con escepticismo. La tercera bola seguía en juego y parecía que iba a seguir así por un buen rato: rebotaba en cada *bumper* y atravesaba hasta los túneles más difíciles.

—¡Tincho! Mirá lo que hace esta piba, seguro te da mil vueltas —le dijo divertido al amigo que estaba a pocos metros esperando por el Pac-Man. Ella trató de no desconcentrarse y mantuvo la mirada fija en el vidrio. El otro chico se acercó y se paró junto al primero. Siguió la bola durante unos segundos y luego la miró a ella de arriba abajo. Entonces le dio un codazo a su amigo y le señaló algo con la vista antes de lanzar una risa ahogada. Ella notó que algo estaba pasando, que ya no seguían el juego, y que por alguna razón se estaban burlando de ella. Entonces escuchó que uno decía:

—Tiene más tetas que tu madre.

Sus amigas sonrieron nerviosas y ella sintió el fuego en toda la cara. Con las manos en los pulsadores, la abertura de la musculosa dejaba a la vista parte de la curva de sus pechos debajo de las axilas.

Entonces colocó los brazos contra el cuerpo, apretó los puños y dejó que la bola regresara al centro de la máquina.

—¿Cuántos años tenés?

—Once.

—¡Once! Igual que mi nieta mayor, muy bien... A ver, sentate un poquito más adelante.

Mientras el médico se ponía unos guantes de látex, una enfermera le cubría las piernas con una tela que le impedía ver su propio sexo. Su madre esperaba en una silla al otro lado del consultorio. Ella buscaba su mirada cada vez que sucedía algo: cuando le dijeron que se sacara el enterito y la bombacha, cuando le indicaron que podía subirse a la camilla. Su madre le devolvía una sonrisa reconfortante, pero había algo de resignación en su expresión. Ella sentía que le quería decir «Perdón, nena, sé que no es algo lindo pero desde ahora así son las cosas.»

El doctor le explicaba cada paso previo con amabilidad pero sin calidez, con cierta dialéctica mecanicista de vendedor ambulante. Palpó su vientre y luego todo el contorno de sus pechos. Finalmente, se escondió detrás de la tela que cubría sus piernas y le pidió que se relajara, que respirara y se pusiera flojita. Volvió a mirar a su madre, que le devolvió una afirmación con la cabeza, y respiró hondo. Entonces fijó la vista en el techo y sintió que algo frío la observaba, la abría, la exploraba hasta las entrañas con torpeza.

Después del chequeo, se vistió, y luego madre e hija se sentaron del otro lado del escritorio. El médico la miró a los ojos por primera vez y dijo:

—Al parecer está todo bien. ¿Te ha dolido mucho, decís?

Ella asintió con la cabeza.

—¿Y el sangrado? ¿Abundante? —dijo entonces mirando de forma intermitente a madre e hija.

—Los primeros días sí, aunque le ha bajado bastante, la verdad —acotó su madre.

—Bueno, a algunas mujeres les duele más que a otras. Es totalmente normal. A mi esposa, sabés, cuando éramos novios, yo la iba a buscar al liceo porque sufría mucho; llegaban a darle morfina para el dolor. Después cuando tuvimos hijos se le pasó. Así que no te preocupes, cuando seas mamá va a ser distinto.

—No voy a tener hijos.

—¿Cómo?

—Que no voy a tener hijos. Quiero ser arquitecta y viajar por todo el mundo. Y que no me duela —contestó con rabia.

La madre y el médico intercambiaron miradas; su madre se tomó nerviosa el lóbulo de la oreja y miró hacia abajo, y el médico se rió nervioso.

—Bueno… Eso te parece ahora. Vas a ver que cuando crezcas cambiás de opinión. Igual te voy a mandar una pastilla que es más fuerte que la que estabas tomando —dijo en tono más seco, y tomó la lapicera y la libreta de recetas—. Que tome una cada seis horas si le duele mucho —le dijo directo a la madre, sin mirarla a ella, y luego se levantó para despedirlas.

De regreso en el auto, su madre no le dirigió la palabra. Tenía la cara seria, la boca fruncida, casi no pestañaba. Ella sabía que era por contestarle al médico, aunque no sentía que le hubiese hablado mal. Miró hacia afuera, los rostros de las personas que iban dejando atrás, y se sintió bien. En casa seguramente iba a recibir un rezongo liviano, algo sobre hablarles a los adultos con respeto y esas cosas. Luego ella se iría a su cuarto sin hacer comentarios y cerraría la puerta hasta la hora de comer.

EL CUERPO, SUS ALREDEDORES

Salvador Biedma

OLGA

Olga está contenta. El pequeño hospital de la ciudad de F. se llenó de pacientes. Ella les besa los muñones cuando están dormidos. A veces, también, cuando están despiertos.

HERMANA, HERMANO

Durante los últimos dos días, él lo había llamado varias veces por teléfono; no respondía. Habló entonces con la hermana, le contó. Ella probó desde su teléfono, tampoco atendía nadie. Fueron a la casa. El padre no estaba. Hicieron la denuncia. A los tres días, les pidieron que se acercaran a la morgue porque dos cadáveres se correspondían con la descripción que habían dado. Llegaron juntos, se dividieron: la mujer fue a ver un cuerpo y reconoció a su padre; el hermano fue a ver el otro y reconoció también a su padre. «A veces pasa, es más común de lo que se cree», les dijeron en la morgue.

IMPAVIDEZ

Era la chica más linda del pueblo. Sin ninguna duda. Comentario de todos. Señores que le llevaban largos años la imaginaban antes de dormir, con la intención de soñarla.

Sin embargo, nadie jamás le hubiera dicho algo subido de tono. Respetaban con absoluta prudencia su noviazgo con Bruno, que había sido su compañero de banco en la escuela. El pueblo cuidaba como un frágil tesoro a la joven parejita, que se veía feliz. Después de unos años, se casaron.

En algún momento, no obstante, ella empezó a cambiar. Ya no era tan linda, la belleza declinaba demasiado rápido, en plena juventud. Tuvo un hijo con Bruno, después otro y, al tercero, se podía decir sin una sombra de duda que era la mujer más fea del pueblo.

Llegó el día en que Bruno, no se sabe por qué (siempre había sido atento y cuidadoso con ella y, a la vez, no hablaba mucho con nadie), le pidió el divorcio. Ella, comentan, dijo que sí como había aceptado casarse, como si le diera lo mismo.

Los varones, las mujeres también, rogaban ahora que no se les apareciera en sueños, aunque la trataban siempre del mejor modo, igual que antes.

Otro chico, que también había sido compañero de escuela, que la adoraba en secreto desde la secundaria, se casó con ella. Desde entonces, a él se lo vio feliz. Una pareja admirable a los ojos de los demás. El nuevo marido criaba a los tres hijos con toda atención y se fijaba de hacer lo que fuese en favor de Bruno, el padre.

A ella nada parecía afectarla. Si había sido la más linda, si ahora era tan fea que a muchos les daba miedo, se mantenía imperturbable, impávida, como un fantasma.

ARTISTA DE VANGUARDIA

Mañana se inaugura en el Museo de Últimas Tendencias Artísticas una exhibición de Alcides Montalbán. A las 18 se abrirá el espacio al público. El conocido *performer* va a dar una breve conferencia antes de iniciar la nueva muestra. Veintidós médicos le fracturarán huesos, uno cada uno, a elección, y en el mismo momento cada cual le curará la quebradura. La obra va a extenderse hasta que Montalbán reciba el alta de los médicos, lo cual se calcula que tardará al menos diez semanas. Durante ese tiempo, el artista permanecerá internado en la sala principal del museo, siempre a la vista del público, que incluso podrá conversar con él.

EL TAXIDERMISTA

Su trabajo le llevaba tiempo y la ansiedad, a veces, lo carcomía. Por eso, el taxidermista había decidido no esperar a que murieran las personas o los animales para empezar a tratarlos. Con su esposa se apuró incluso más. Cuando ella murió, el trabajo estaba terminado. La señora no podía mover un solo músculo.

LAS PARTES QUE FALTABAN

El 3 de julio de 1968 apareció en un barrio perdido una cabeza humana. Separada del cuerpo o, mejor dicho, del resto del cuerpo. Nadie la reconoció, no lograron distinguir si era de varón o de mujer. La policía desplegó operativos, investigó. No hubo modo, fue imposible, nunca encontraron las partes que faltaban. ¿Qué hicieron con la cabeza? No está claro, pero cincuenta años después seguía en algún lado, ubicable, porque hubo científicos que la analizaron, quisieron saber sobre esa persona y sobre las partes del cuerpo que nunca habían aparecido y que nadie había reclamado. Durante meses la estudiaron a fondo, pero no lograron definir nada.

Un segundo

Al tío Ezequiel solo lo veo en los cumpleaños de mi padre. Siempre dedica al menos una hora a contar detalles sobre el tratamiento de fertilidad al que se somete desde hace años. Ahora tiene uno de esos trajes nuevos, los APQ14, que, según la publicidad, «hacen todo por uno.» Ayer habló también de eso. Y mostró cómo orinaba y el traje absorbía el líquido y lo convertía en vapor en menos de un segundo. Mi traje es de los Sanetto, que suelen funcionar mal y no hacen más que avisarte: suena la alarma cuando necesitás dormir, comer, ir al baño, pero vos mismo tenés que ocuparte de cada una de esas cosas. Los APQ14 te duermen o te alimentan cuando el cuerpo necesita, sin que precises hacer nada. Aparte, tienen un sistema para tonificar los músculos si pasás mucho rato sin ejercicio. Funcionan bien, dice mi tío, no como el Sanetto, que muchas veces te deja al borde del desmayo porque la alarma no te avisa que tenés que comer o dormir y, entonces, hay que estar atento a esas cuestiones, como si viviéramos en la Edad Media.

Maullidos

Hacía siete años que se habían separado; no habían vuelto a verse. A Luisa la despertaron los maullidos en medio de la noche. Se puso algo de ropa y bajó a la calle. Ahí estaba el gato (o gata, no se fijó en el momento), buscaba un rincón donde acurrucarse en la entrada del edificio. Le faltaba una pata delantera. Ese día, ella lo supo por un conocido en común, a Luis le había comido un brazo una de las máquinas del taller. Averiguó en qué hospital lo habían internado y fue a visitarlo. Cuando volvió a su casa, el gato (o gata) no estaba más.

Tiza

Solo al ver la silueta dibujada en tiza sobre el asfalto, el detective Augen se dio cuenta de que el cadáver no tenía forma humana.

El sueño y la anestesia

El médico suda, los enfermeros sudan, la paciente sigue anestesiada. Llevan dos horas de cirugía a corazón abierto. Alguien hace un comentario estúpido sobre la lluvia. Nadie sabe en el quirófano que la paciente no es quien creen. Las planillas se mezclaron, a esta mujer la tienen en revisión porque algo en su cuerpo está trayéndole problemas y no se logra detectar qué.

Después de esto, la mujer va a vivir sesenta años, nunca volverá a sentir dolor ni nada, hasta que una noche soñará que nace y morirá.

UN ASIENTO VACÍO

Ambrosetti había llegado con demora al aeropuerto. Por los altavoces sonaba su nombre en un casi agónico último llamado a embarcar. El oficial Salgado lo miró sin mucha paciencia, con mucho uniforme. Acababa de sonar la chicharra. «Quizá sea el brazo derecho, la prótesis», dijo Ambrosetti. Se quitó el brazo y se lo entregó al oficial. Pasó Ambrosetti nuevamente y el detector de metales volvió a sonar. «Tal vez la prótesis de la pierna izquierda.» Se quitó la pierna y la extendió con el brazo izquierdo para que Salgado la agarrase. La chicharra sonó otra vez. Se fue sacando cada una de las prótesis, todo, la cabeza, la otra pierna, el torso, el abdomen... No quedó nada de él y entonces la chicharra no sonó. El oficial Salgado juntó todos esos pedazos artificiales de cuerpo y los puso sobre la cinta transportadora que pasa las llaves, los cintos, los teléfonos o lo que sea por un lector de rayos. Todo estaba en orden, perfecto, pero después el hombre no supo cómo encajar las piezas para rearmar a Ambrosetti. Lo intentó una, dos, tres veces, sin mucho ánimo. Frustrado, no quiso insistir. Dejó los brazos, las piernas, la cabeza y las otras partes a un lado, como para que no quedaran muy a la vista. Finalmente, el avión despegó. El señor Furlong iba en el asiento trece. Le resultó llamativo que, en ese vuelo, hubiese un lugar vacío y, casualmente, a su lado. Mejor, pensó, así evitaba esas incómodas charlas con alguien que no conocía y a quien, casi seguro, nunca volvería a ver.

Recién nacidos

Si bien no está escrito en ninguna ley u ordenanza, en la ciudad de R., desde hace décadas, nadie sabe por qué, les cortan los brazos a los recién nacidos en el momento del parto. La señora Dorf decidió no cortárselos a su hija Carmen. Al principio, muchos lo creyeron una excentricidad casi risueña. Se acercaban a ver esos miembros desconocidos, pero, a medida que la chica fue creciendo, las burlas y la presión para que se los cortara se hicieron más y más insistentes. Carmen tendría seis o siete años cuando su madre la encontró tratando de quitárselos ella misma, con un cuchillo y una sierrita que evidentemente no hubieran servido para su propósito. Cuando mi madre muera, pensaba cada día, me voy a cortar los brazos. Sin embargo, ese momento llegó y a Carmen le dio pena hacer lo que había imaginado tantas veces. Tenía ya treinta y dos años. Era partera. El hecho de tener brazos le facilitaba el trabajo de cortarles los bracitos a los recién nacidos.

El cuerpo es ruido
Rafael Courtoisie, *La novela del cuerpo*

INTERVALOS PARA DEJAR DE EXISTIR

Marcela Ribadeneira

Del libro que le regalaron sus padres cuando cumplió ocho años, el único cuento que Ana Dror recuerda es el último. Más que recordarlo, se quedó en su memoria el dibujo que lo acompañaba: una cueva secreta que contenía millones de velas. Cada una representaba la vida de alguien, aún vivo o ya muerto. Las más largas, de cera blanca y limpia, correspondían a los recién nacidos. Las que habían sido consumidas casi en su totalidad, a los ancianos, a los muy enfermos y a los moribundos. Las velas ya apagadas, de mechas carbonizadas y sin llama, a los muertos.

La imagen vino a la mente de Ana Dror cuando escuchó el alarido. La piel, los músculos, los órganos y los huesos de su hermano no se derritieron tan rápido como la parafina de una vela.

Ana vio que la piel de Omer, de hecho, apenas estaba lacerada después de los primeros segundos de haber entrado en contacto con el agua hirviendo. Estaba muy roja, eso sí. Su hermano tenía la textura de un bastón de caramelo de canela que se agitaba y se torcía y luchaba contra el líquido que lo abrasaba, que le empezaba a soplar un vapor de altísima temperatura directamente a los pulmones, y que hizo que el tejido interno de su nariz se desgarrara.

Antes de oír el primer alarido, el más corto de todos, Ana oyó la fragmentación de la tierra debajo del pie de Omer, justo al borde de la poza. Él se había quitado las chanclas y apoyaba el pie derecho ahí. Quería probar con los dedos la temperatura del agua, que era turquesa en el centro y ámbar en los bordes. Luego de oír cómo la miniavalancha se desató, Ana escuchó un *splash* que sonó como los *splashes* que ella y su hermano producían al saltar, hechos bolita, a la piscina del *kibbutz*. Pero a ese *splash* no le siguieron carcajadas, sino el alarido.

Parálisis. Ana Dror se quedó paralizada. Omer luchaba por flotar. Al inicio, parecía estar convencido de que podía salir de allí. Pero segundos después su mirada cambió. Solo estaban ellos dos en esa parte de la reserva natural. Estaban ahí porque entraron, sin saberlo, en un área donde el suelo rocoso tiene pocos centímetros de espesor y es tan frágil como glaseado de caramelo. Ana se odió a sí misma por haberse apartado del camino. Se odió aún más por haberlo hecho cuando Omer estaba con ella.

Intentó acercarse y alcanzar a su hermano con los brazos, pero los chapoteos desesperados le salpicaban agua hirviendo al rostro. Omer pesaba mucho más que ella. Y así no se quemara, era poco factible que pudiera tirar de él hasta la orilla y sacarlo. Intentó llamar al 911, pero su celular no tenía señal.

—¡Ana! ¡Busca ayuda! *Bevakasha*!

Los gritos, esos gritos… Ana nunca había oído gritos así. Omer gemía y luchaba por mantenerse a flote. Había rabia en la maraña sonora que salía de su garganta. Ira. Desesperación. Miedo. Porque si había alguien incapaz de enfrentar una situación como esa, era Ana Dror. Y ella sabía que su hermano lo sabía.

—¡Corre! —gimió Omer una vez más.

Ana se puso en marcha luego de unos segundos, cuando eligió hacia dónde correr. El suelo crujía bajo sus tenis. Ella no sabía que en cualquier momento pudo haber cedido, lanzándola también a esa bilis subterránea. Durante su zigzagueo se detenía a menudo, cambiaba de dirección y giraba la cabeza hacia donde estaba su hermano. La escenografía era siempre la misma: árboles y montañas cubiertas de verde al fondo del encuadre, pero por donde ella pasaba, en primer plano, solo se veía suelo rocoso, descascarado y estéril. A la distancia, la pupila termal guardaba silencio y exhalaba un vapor blanco de apariencia benigna. Los gritos de Omer ya no se escuchaban. Quizás estaba muy débil para gritar, quizás ella estaba ya muy lejos para oírlo. Ana no sabía que había ácido en la poza, y que este sería un coadyuvante perverso en la tarea que el agua tecnicolor, de 90 grados centígrados, ya había emprendido en contra de la agrupación de materia que era su hermano. Y que pronto —sin que ella lo pudiera prever— ya no sería nada.

La cabaña que finalmente encontró era poca cosa, un cubo armado con piedras y leños y techado con paja. A ella le pareció enorme. La materia se dilata infinitamente cuando uno empaca toda su esperanza en ella. Adentro, detrás de un escritorio de madera, un *ranger* llenaba algunos formularios. Ana se quedó parada frente al hombre. Él había notado su presencia, estaba claro, pero fingió que llenar sus papeles requería de toda su concentración. La respiración agitada de ella, que empezaba a fastidiarlo, hizo que levantara la mirada. Ana no supo cómo empezar.

—Mi hermano… Él se resbaló y cayó… en el agua —dijo con una voz desmodulada y demasiado baja—. ¡Por favor, ayúdanos! El agua está muy caliente.

El *ranger* puso los formularios sobre el escritorio y se

le acercó.

—¿Su hermano se metió en una de las pozas? —dijo, y su desinterés se transformó en horror—. ¿Dónde exactamente pasó esto?

Ana no tenía el sentido de orientación que Omer, un soldado israelí, sí tenía. Ella había dejado el *kibbutz* cerca de Afula, donde vivía con su familia, apenas cumplió los dieciséis años. Sus padres le habían mandado de vacaciones a la casa de una tía en una ciudad de Wyoming y ella nunca volvió.

—¡Por favor! —alcanzó a decir antes de ponerse a llorar—. Estábamos cerca de esas lomas.

El *ranger* tomó su radio. Ana no había señalado hacia ningún lado cuando habló de las lomas, pero él pronunció una serie de códigos —al recordar el episodio Ana se referiría a ellos como «el conjuro de la muerte»— y le ordenó que saliera con él y se subiera al *jeep* que descansaba detrás de la cabaña.

***

Omer pensaba en la caja torácica del palestino al que le disparó. El palestino tenía unos veinte años. La bala que Omer le metió en el cuerpo no era la primera que había recibido ese día. Or, un soldado de las Fuerzas de Defensa Israelíes, le había clavado el primer balazo en el costado izquierdo del abdomen. Después de ese impacto, el palestino se desplomó sobre el pavimento, cerca de un *checkpoint* en Hebrón. El resto de soldados se cuidaba de no pisar la sangre, que se extendía en riachuelos de casi un metro de longitud. Omer disparó cuando estaba claro que ya no había amenaza. La amenaza había sido la hoja de una afeitadora envuelta en la mano del palestino.

La amenaza había sido neutralizada, pero Omer sintió que la sangre del palestino se acercaba demasiado a él, a sus compañeros, a Eretz Israel. ¡Bang! Omer hizo algo sin pensar, con la esperanza de que ese flujo rojo desapareciera, de que no lo alcanzara nunca, de que se quedara en su lado del universo.

La caja torácica se movía. Se ensanchaba, se contraía; todo en un traqueteo que era presenciado por sus amigos, todos también soldados de las Fuerzas de Defensa Israelíes, y por el periodista que grabó la escena con su celular, desde una distancia prudente, escondido detrás de un viejo Renault color crema. Nadie hacía nada por ayudarlo, por facilitar su paso a la muerte, a la nada. Se lamentaban de que no muriera más rápido. Omer, en silencio, también se lamentaba de que no muriera más rápido. Nadie llamaba al médico. Todos se sentían víctimas de un instante congelado. Omer también se sentía víctima de un instante congelado. El tipo no moría. Su tórax temblaba y el cerebro se escapaba de su corsé craneal. Y ellos no hacían nada. Omer tampoco hacía nada. Únicamente Noah se avergonzó de la falta de reacción de todos, pero solo lo suficiente como para pedir, en voz casi inaudible, que alguien más hiciera algo. «Que termine de largarse», pensó Omer y se alejó del lugar.

***

El avión aterrizó en el aeropuerto. Sin el uniforme, Omer no parecía tener los veintidós años que acababa de cumplir. Cuando las señales de no fumar y de ajustar cinturones se apagaron, encendió el servicio de *roaming* de su teléfono y escribió un mensaje a su hermana:

«Llegué.»

Omer se puso la mochila a los hombros cuando el último pasajero del avión desapareció cabina afuera. Una azafata, de moño alto y labial encendido, le preguntó si necesitaba asistencia. Omer le ofreció una negativa con la cabeza y caminó hacia el círculo luminoso que lo llevaría, finalmente, fuera de Israel y de su anterior vida. La puerta de ese avión era el umbral de umbrales. Y Rock Springs, Wyoming, era el punto cero. El lugar desde donde ascendería hacia la normalidad, hacia la ausencia de *checkpoints*, hacia la tierra que, aunque no le prometía ciudadanía, le prometía redención.

Ana lo esperaba afuera de la puerta del arribo internacional, junto a decenas de rostros rojizos y sonrientes. Omer no la había visto en cuatro años, pero la reconoció sin dificultad. Estaba más alta y su cara era menos redonda que en los tiempos en los que jugaban a lanzarse en modalidad bala de cañón a la piscina del *kibbutz*. Por lo demás, ella estaba exactamente igual. Ana, en cambio, tardó unos segundos en conciliar la imagen que tenía de Omer con la del joven larguirucho y pálido que la miraba y que la saludó en hebreo.

En lugar de devolverle el saludo, lo abrazó fríamente.

—Vamos —le dijo en un inglés con acento gringo y le tomó del brazo para llevarlo hacia el auto—. Vamos, que tengo preparado un paseo. Solo tú y yo. No tenemos que hablar, no ahora.

—Ana —respondió Omer sin poder aún mirarla a los ojos—. Yo hice lo correcto.

***

En el parque nacional hay más suelo y más montañas de

los que caben en el rango de visión de una persona, más terreno del que un ser humano necesita para perderse: más terreno del que Omer necesitaba para perderse. Suficiente espacio para que cualquiera se sienta insignificante, para que comprenda que toda la materia que ve a su alrededor se ha acumulado, en su actual configuración, a lo largo de millones de años, y que su vida dura quizás mil veces menos que el tiempo que le toma engordar un centímetro a una capa de sedimento.

Omer caminaba detrás de Ana por un sendero a través de la planicie. A sus costados, una cuchilla montañosa parecía tenerlos encerrados en un tablero de juego. Omer caminaba por donde hace miles de años una enorme explosión hizo que la tierra expulsara cantidades masivas de roca, reconfigurando el paisaje.

—¡Agua! ¡Mira, Ana! ¡Una terma! —gritó Omer a su hermana y ella vio en él los ojos de antes—. ¡Vamos!

Tuvieron que salirse del sendero que el mapa marcaba como seguro para ir hacia la zona donde la facción termal apenas se distinguía. A Ana no le importó, no quería discutir con su hermano. Caminaron por una hora antes de llegar a ese ojo que el planeta había decidido mantener abierto. A ese umbral de umbrales. Frente al agua tecnicolor, Omer pensaba en la caja torácica del palestino al que le disparó. El palestino tenía unos veinte años. La bala que Omer le metió en el cuerpo no era la primera que había recibido ese día. Or, un soldado de las Fuerzas de Defensa Israelíes, le había clavado el primer balazo en el costado izquierdo del abdomen. Después de ese impacto, el palestino se desplomó sobre el pavimento, cerca de un *checkpoint* en Hebrón. El resto de soldados se cuidaba de no pisar la sangre, que se extendía en riachuelos de casi un metro de longitud. Omer disparó cuando estaba claro que ya no había amenaza. La amenaza había sido la hoja de una afeitadora envuelta en la mano del palestino. La amenaza había sido neutralizada, pero Omer sintió que la sangre del palestino se acercaba demasiado a él, a sus compañeros, a Eretz Israel. *¡Splash!*

Omer había querido acariciar la superficie del agua con los dedos del pie, pero resbaló. La poza se lo tragó sin siquiera pestañear. Los rescatistas pudieron llegar a la zona recién al día siguiente. Mientras tanto, la conciencia, ese nefasto efecto secundario que producen las agrupaciones grandes de materia orgánica, se apagó. De Omer quedaron solo sus chanclas y su billetera, y una vela blanca que Ana enciende en su casa de Rock Springs cada vez que vuelve de visitar el parque.

LA MUERTE TENÍA NUESTROS DEDOS

Jennifer Thorndike

1

Miraba mis dedos, que a partir de ese momento debían seguir órdenes. Obedecer y ejecutar. Dedos largos, huesudos, que doblaba y estiraba, tocaban el bolsillo del uniforme donde antes se guardaba el papel blanco con las indicaciones. «Indicaciones»: así estaba escrito al inicio de la hoja. Eran una, dos, diez indicaciones que hablaban de cuotas que debían cumplirse. Trataban de convencernos de que nuestro trabajo era esencial para el desarrollo de la comunidad. Pero nosotros sabíamos muy poco. Mis dedos temblaron al leer la breve descripción de un pueblo de nombre impronunciable, perdido u olvidado, con calles de tierra y casas cayéndose a pedazos. Repetía su nombre con la lengua trabada y los dedos cada vez más temblorosos. El siguiente punto advertía que el idioma sería un problema. Habíamos estudiado las frases esenciales, algunas amables, la mayoría imperativas. Debíamos convencer a los pobladores en un idioma que no era el nuestro. Engañar, pensé. Confundir, asustar, cumplir la cuota. Quizá no sería tan difícil; la imposibilidad de comunicación nos podría ayudar a intervenir sin necesidad de explicar.

Mis dedos se contrajeron formando un puño. Sentí asco.

La posta, de acuerdo con la descripción, tenía tres habitaciones: sala de espera, tópico/consultorio y sala quirúrgica. Imaginé mis dedos recorriendo las paredes manchadas de sangre, saliva, orina. Sentí náuseas y miedo. No quería ir a ese lugar. Veía dedos ajenos temblando, huellas dactilares en la pintura, tijeras, escalpelos oxidados. Veía a mis compañeros con el mismo papel entre las manos, uniformados, formando una fila. Éramos todos iguales, con el mismo temblor en las manos, caras sin facciones definidas, lo que nos asemejaba unos a otros. Está bien ir, vamos a cumplir con lo que tenemos que hacer, dijo alguien con voz nerviosa. Doblé los dedos una vez más. Instintivamente rozaron el papel de mi bolsillo. Querían romperlo, pero los contuve cuando se comenzaron a doblar formando una garra. Logré estirarlos con dolor.

Subimos a la camioneta y el superior nos indicó que sacáramos las indicaciones. Repitió lo que decían. Doctores, enfermeras, atención. Repasé lo mismo que había leído tantas veces. El pueblo pequeño, alejado, casi no tenía niños. El cólera se los había llevado, estaban enterrados bajo tierra, en cajones pequeños y sin adornos. Era lamentable, decía el papel, pero hay que seguir adelante. Debemos protegerlos. De la pobreza, de la sobrepoblación. La posta era nuestro «centro de control», donde debíamos examinar a las mujeres y aplicar la solución requerida. Había demasiados niños, entienden, no se les pudo curar a todos. No se les pudo enterrar siquiera, murmuró el superior. Es por el bien de ellos. Entonces repitió lo de las cuotas y sentí que mis dedos querían arrugar el papel. Algunos de los doctores y las enfermeras asintieron, quizá yo también.

Mis dedos serían capaces de que las cosas ahora fueran más equitativas. Progreso, señores, escuché, desarrollo, sostenibilidad. Las cuotas eran importantes o esos dedos no servirían más a los propósitos de la nación. La camioneta arrancó y mis dedos comenzaron a relajarse.

2

Vi ojos asustados. recelo y miedo, ojeras que nos acosaban mientras bajábamos las maletas y el material. Estamos aquí para ayudarlos, le dije a una mujer que no me entendió y ocultó a un niño pequeño entre su ropa. Entonces el superior comenzó a hablar en nuestro idioma y un poblador iba traduciendo. Habrá una fiesta mañana, nos informaron. Una fiesta con comida, baile, regalos. Hemos traído canastas familiares, pero tienen que firmar el documento. Firmar qué documento, le pregunté a una compañera dándole un codazo en las costillas. No lo sabíamos, ese otro papel nos llegaría al día siguiente, con el número de personas que debíamos reclutar para cumplir la cuota mensual. A mí me tocaron veinticinco. Veinticinco mujeres en edad reproductiva. Sanas, con los pómulos enrojecidos por el frío, salidos por la delgadez. Pero estaban sanas, eso lo puedo asegurar. Veinticinco mujeres que bailaban, comían y bebían de manera frenética. Nunca ha habido una fiesta así, dijo el superior cuando me vio inmóvil, con los documentos que debían firmar sostenidos por mis dedos temblorosos. Vamos, anda, me dijo. Será muy fácil, para eso son estas fiestas. Un animador decía en su idioma palabras que no podía entender. Señaló las canastas. Unas mujeres que tenían copia del documento firmado se acercaron y recibieron una canasta. Sus pómulos se levantaban cuando sonreían, se veían aún más pronunciados y miserables. Una bolsa de arroz grande, seis tarros de leche, menestras, azúcar, latas de conservas de la marca más barata. Algunas mujeres, reconociendo mi uniforme, se acercaron para pedirme el papel. Estaban desesperadas y por eso querían firmar lo más pronto posible. Temían que las canastas no alcanzaran y tuvieran que ser divididas. Todas necesitaban el arroz, las conservas, la leche. Los niños que quedaban lloraban mucho, siempre por hambre. Los que murieron no lloraban, pero también se fueron con el estómago vacío. Huesos y tripas en cajoncitos pequeños, enterrados bajo esa tierra que recibía los pasos de baile, la espuma de la cerveza, el vómito de quienes caían en la embriaguez. Ocho mujeres firmaron y recibieron la canasta.

A las otras diecisiete las convencí más tarde. Aproveché su falta de entendimiento, producido por el idioma, y el adormecimiento por el alcohol. Les hacía señas con esos dedos que ahora reclutaban y convencían. Señalaba la línea punteada. Algunas solo ponían una inicial o una equis. Escribir era un lujo que pocas habían adquirido. Yo apuntaba lo que entendía de sus nombres, a veces pedía el documento de identidad para asegurarme. Ellas se llevaban la copia para recoger la canasta, esa copia que decía muy poco de lo que íbamos a hacer. Se autorizaba una revisión y la aceptación del método anticonceptivo recomendado por el médico. El papel determinaba la suerte de esas mujeres sanas y ponía sus cuerpos a mi disposición. Sentí un dolor intenso en el estómago. Lo atribuí a la cerveza y continué reclutando mujeres. Después de algunas arcadas, vomité bilis detrás de uno de los parlantes que repetía constantemente las mismas palabras para convencer a las mujeres de que debían firmar. Sentí repulsión y más náuseas. Esa voz estaba tratando de convencerme a mí también de que lo que hacíamos era lo correcto.

Veinticinco autorizaciones firmadas fácilmente, sin problemas. Me sentí orgullosa. Los ojos asustados que había visto el día anterior ahora estaban nublados, algunos cerrados. A algunas tuve que ayudarlas a sostener el lapicero para que firmen. Pero lo hicieron y yo me sentía orgullosa. Mis dedos intentaron rebelarse otra vez queriendo romper esas veinticinco autorizaciones que había conseguido. Felizmente estaban entumecidos por el frío. Inmóviles, sosteniendo las autorizaciones con desconfianza. Me senté y miré con orgullo las autorizaciones firmadas. Una compañera vino gritando que la cuota estaba cumplida. Me alcanzó un vaso de cerveza y ambas brindamos sosteniendo el líquido con esas manos que cumplían una misión, con esos dedos manchados de tinta. Dedos sucios y orgullosos.

3

Los siguientes días fueron de trabajo. Temprano, con las autorizaciones, íbamos a buscar a las mujeres. Las sacábamos de sus casas jalándolas del brazo. No sabían qué queríamos. A algunas tuve que amenazarlas. Les dije que iba a quitarles los víveres de la canasta y se los iba a dar a personas que sí colaboraran. Ellas se resistían, confundidas, y solo reaccionaban cuando comenzaba a llevarme sus cosas. Negaban con la cabeza, agitaban los brazos. Luego caminaban hacia la posta, con pasos lentos y desconfianza. Aunque me temían, no querían perder esa canasta que iba a aliviar por uno o dos meses esas tripas que no dejaban de sonar.

El primer día yo les hacía preguntas con ayuda del intérprete. Abre las piernas, decía. No querían. Dígale que es para revisarla, para ver si está bien. Se tapaban la cara avergonzadas, gemían de dolor cuando introducía mis dedos o el ecógrafo. Dejé ir a tres con una caja de pastillas anticonceptivas y les expliqué con la ayuda del intérprete cómo debían tomarlas. Después el superior entró al tópico/consultorio. ¿Las has programado?, preguntó. Tienes que operar. Cortar, ligar. No toman las pastillas, las pierden. Se van a llenar de hijos otra vez. Pensé que no se podía operar en esa posta con las paredes sucias, llenas de marcas de dedos antiguos y fluidos que no habían sido desinfectados. Pensé que iba a ser muy difícil explicar el procedimiento, todo era muy difícil porque no hablábamos su idioma. El superior dijo que ya teníamos las autorizaciones y que las explicaciones sobraban. Procede. Tienes cuotas que cumplir. Y se fue. Esto no está bien, pensé mientras mis manos se tensaban. Doctora, es por su bien, escuché. Es por su bien, es por su bien, es por su bien. Era cierto: mis dedos estaban haciendo lo correcto, las mujeres me iban a agradecer. No existirían más niños con hambre, más niños que murieran por la peste. Qué alegría tan grande, qué vocación de servicio tan pura.

Entonces fui a buscar a esas tres mujeres que se habían ido. Les hice señas para que vuelvan y las programé para la tarde. Compré desinfectante para limpiar las paredes del quirófano, ese suelo percudido que me costó dejar presentable. Refregaba manchas y manchas que parecían no querer salir nunca. La enfermera desnudó a la primera mujer. Yo le quité la mirada porque no soportaba sus ojos. Esos ojos de terror y vergüenza. La recostaron en una camilla.

Quise acariciarle la frente, pero me contuve. Tenía que proceder, pensar que esa mujer no era más que un cuerpo cubierto por una bata sucia que debía sumar a mi cuota. Un cuerpo al que debía hacerle el bien. Ingresamos a la sala quirúrgica. Tuve que limpiar mis dedos solo con alcohol, reusar unos guantes y una mascarilla que me dijeron ya estaban limpios. La enfermera ayudó a la mujer a pasar a la mesa de operaciones. Luego la durmió sin intentar entender lo que la mujer decía. Entonces me pasó un escarpelo viejo y unas tijeras. El primer corte que hice definitivamente dejaría una cicatriz. La luz no era suficiente y no tenía precisión alguna. Mi nariz sentía el olor del desinfectante, de la sangre, del polvo que todavía flotaba por la habitación. Me sentí mareada. Me era muy difícil encontrar con la vista los órganos que debía mutilar. Entonces metí mis manos en ese agujero de carne y fluidos. Y corté, volví a unir, cosí. La enfermera le colocaba más anestesia a la mujer que se quejaba levemente y contraía la cara. Luché con su cuerpo cerca de dos horas. Se me escapaban las trompas, se cerraba la piel queriendo tragarse mis dedos. Yo debía conquistar ese cuerpo para lograr mi objetivo. Terminé cansada, con la frente sudorosa y los músculos de los dedos latiendo. Mis ojos confundían la carne con la tela. Cosí la piel como pude, dejando un surco profundo que podía infectarse en cualquier momento. Sacaron ese cuerpo y entró otro y otro más. El superior dice que hoy debemos operar a cinco, dijo la enfermera. Debía continuar haciéndolo. Limpié los guantes con alcohol, mi frente con la manga de la camisa. La enfermera durmió a otro cuerpo y comencé. Los cuerpos se resistían a mi escalpelo, los órganos se escondían detrás de otros y se me resbalaban entre los dedos. Era una pelea que yo debía controlar, pero no fue fácil. Intervine los cinco cuerpos que me asignaron, cuerpos que fueron almacenados en el suelo del tópico/consultorio sobre una colcha vieja. Ese día sonreí porque había triunfado. Ese pueblo de tierra no tendría más niños huesudos con los pómulos salidos.

Al día siguiente, me dijeron que la primea mujer había muerto por una infección generalizada, pero que no me preocupe, esas cosas suceden. Debía continuar, la cuota era lo importante. Entonces imaginé ese cuerpo que aún latía luchando contra mí en la mesa de operaciones, antes de que yo lo dejara marcado con un surco sanguinolento. Ahora lo velaban en un cajón rústico, sin más decoraciones que una cruz mal pintada. Habían muerto también otras dos mujeres, que habían sido atendidas por mis colegas. Sus cuerpos dentro del cajón eran lastimados por astillas de una madera sin lijar. Tres cuerpos nuevos para un cementerio ya copado por los muertos de la peste. Sentí ganas de llorar, pero la enfermera me jaló del brazo. Debíamos comenzar con las intervenciones porque si no nos íbamos a atrasar.

4

Los pobladores comenzaron a sospechar de nuestras actividades. Querían volver a engendrar, se desesperaban, nos reclamaban. No era coincidencia: desde que comenzamos a cumplir con las cuotas asignadas muy pocas mujeres habían logrado concebir. Solo lo conseguían aquellas que no quisieron firmar a pesar de que les ofrecimos canastas y dinero. Como recurso desesperado, les dijimos que irían presas. Se mantenían escondidas hasta que sus vientres lucían abultados. Se atendían en la posta burlándose de nuestros procedimientos.

No nos íbamos a librar del castigo, lo supe cuando el intérprete me contó lo que había pasado. Cada día una de las mujeres operadas salía de su casa con un atado de ropa. Caminaba llorosa, recibiendo gritos que intuí eran insultos. Lo son, me dijo el intérprete. Le están diciendo que le han sacado las tripas para que pueda acostarse con otros hombres. Ya lo sabían, el intérprete se los había dicho. Operación, cicatrices, infertilidad. Han cortado algo, cosido, yo he visto. Mi cabeza negaba mientras mis dedos temblaban sin parar. Esas mujeres sanas ahora eran consideradas cuerpos incompletos, inválidos, cadáveres que caminaban con el atado de ropa y algunos víveres de la canasta que les habíamos dado a cambio de manipular sus cuerpos. Miraban con recelo hacia la posta y caminaban en dirección a un corralón abandonado, donde se mezclaban entre basura y excremento de animales. Ahí se habían reunido esos cuerpos llenos de cicatrices mal cosidas. Prendían una fogata para combatir el frío y lamentar juntas la desgracia que había traído el Plan de Desarrollo.

Los hombres que pasaban por ahí las insultaban, les tiraban restos de comida. Ellas lloraban y gritaban. Sé que sentían que les habíamos quitado una función vital, pero las autorizaciones contaban una historia diferente: esterilizar para liberar, esterilizar para controlar el crecimiento de la población, esterilizar para eliminar a los grupos atrasados. Pero los hombres del pueblo no lo entendían, querían seguir procreando, trabajando una tierra estéril que no producía nada, arreando vacas que parecían esqueletos. No entendían y por eso las insultaban. No entendían que ejercieron su libertad de elección. Le dije al intérprete que me llevara frente a ellos para explicarles, pero se negó. Deberían irse, sugirió. No nos fuimos, todavía no habíamos cumplido la cuota. Unos días después el intérprete apareció muerto. Dejó una carta donde pedía perdón al pueblo. No sabía, no entendía, creía que era por el bien de la comunidad. Sabía que las iban a operar, no sabía las consecuencias. Sin embargo, ahí estaba en el fondo de una quebrada, el cuerpo reventado. Las rocas a su alrededor, manchadas de un rojo intenso. Dejaron el cuerpo ahí porque no había equipo para sacarlo, tampoco espacio en el cementerio. Un hombre puso una cruz al filo del lugar desde donde había saltado. Sus ojos inmensos nos miraron por largo rato. Entonces supe que no nos íbamos a librar. El odio que quema y perfora ya no se va nunca.

Nos despertamos al escuchar los cantos y las voces. Rodeaban la casa donde estábamos alojados. Yo solo veía cuerpos llenos de cicatrices, heridas sangrantes, rumores que penetraban en mis oídos y no podía entender. Me encerré en un baño intentando no hacer ruido. Ahora era una cobarde, ahora mis escalpelos y mi poder no servirían de nada. Varias mujeres golpearon mi puerta con violencia, yo salté a la ducha y me quedé arrodillada en un rincón. Mis dedos comenzaron a rasgar las mayólicas, mis dientes se apretaron tanto que me dolía la mandíbula. Escuchaba a mis compañeros insultarlas. Una mujer logró abrir mi puerta, me miró con la cara rígida. Comencé a levantarme lentamente, las manos en alto en señal de rendición. Solo susurré que podía arreglarlas, que mis dedos eran carne privilegiada, que podía remediar cualquier error. La mujer de la cara rígida me miró nuevamente y me tiró una cachetada. Luego me empujó hacia la calle e hizo que me arrodillara en el suelo de tierra. A mi lado, mis otros colegas se mantenían en la misma posición.

Ahora estábamos con la cabeza sobre la tierra, las pantorrillas acalambradas, sedientos. El mal incubado entre mis dedos se reflejaba en sus ojos con ansias de justicia. Me sentí asqueada de haber llegado a ser la persona en la que me había convertido. De tener los dedos manchados de su sangre, esa sangre que todavía secretaban las cicatrices mal cosidas del día anterior. Entonces comencé a pedir perdón a gritos. Quería que me corten esos dedos, que me lancen por la quebrada junto al cuerpo del intérprete. Mis colegas intentaron callarme, temerosos de que los pobladores decidieran cumplir mis deseos. Pero yo quería tomar el escalpelo y torturarme, sufrir, abrirme el vientre y arrancar aquellos órganos que me hacían fértil. En ese momento las mujeres nos enseñaron sus cicatrices, las marcas de su invalidez. Y con un cuchillo afilado comenzaron a marcarnos en la palma de la mano uno por uno. Un tajo profundo que dejaba caer gruesas gotas de sangre sobre la tierra. Una cicatriz por otra, una cicatriz no solo para recordar que nosotros y el sistema estábamos equivocados, sino para exiliarnos y convertirnos en personas improductivas como ellas. A partir de ese momento todos nos reconocerían. Somos los médicos que esterilizaron a las mujeres hace veinte, treinta, cuarenta años, los que nunca más podrán usar sus dedos para hacer el bien. Los marcados, los que se debe repudiar, los que tienen que pagar con cárcel y vergüenza. Nos ordenaron que nos fuéramos. Salimos sin recoger nuestras cosas, con una venda sucia cubriendo la herida que no dejaba de sangrar.

HISTORIA DE AMOR

Raquel Castro

1

Quince días a dieta de whiskas pueden enloquecer a cualquiera. Más si a eso se agrega que por la mirilla de la puerta puedo ver a mi novio, con media cara arrancada a mordiscos, sin un brazo y con la ropa llena de sangre seca. Y peor si añadimos el pequeño detalle de que, pese a que más de una de esas heridas es mortal, él está caminando desde mi reja hasta la puerta de entrada al edificio y de regreso, como si hiciera una guardia.

Pero no he enloquecido, no todavía. De hecho, he tenido tiempo para meditar sobre el destino, mi destino: ¿Por qué guardé tres enormes costales de whiskas durante un año después de la trágica muerte de Pepto, mi gato? Después de que se aventó del balcón (¿suicidio?, ¿conspiración de las palomas vecinas?, ¿pura estupidez?), varias veces prometí que regalaría esos costales a alguna asociación protectora de animales, pero nunca lo hice. Otra: ¿por qué dejé que Federico, mi novio, se quedara afuera en lo que yo terminaba de arreglarme? No era la primera vez que me salía con ese chantajito: «te espero en el pasillo», decía, y se iba, dando un portazo, para que me apurara. Si le hubiera hecho caso, si hubiera salido de inmediato, ahora estaría igual que él.

Así que por algo me salvé. Por algo me he comido

todo lo humano que había en casa (es decir, toda la comida para humano; imaginarme comiendo algo humano no es gracioso dada la situación) y tuve que llegar al extremo de comer whiskas.

Pero si no averiguo pronto qué me depara el destino, ahora sí voy a enloquecer.

2

Salir es imposible: vivo en el departamento más alejado de la puerta que da al patio. Como es planta baja, mi puerta está reforzada por una rejita que ha resultado mi salvación: dos o tres días después del inicio de todo, vi cómo los infectados tumbaron la puerta de mi vecina de junto. La carnicería fue espantosa, pero el morbo me llevó a verla con toda la puerta abierta, feliz de tener mi reja. Sentí una alegría malsana al pensar que nunca más tendría que soportar reguetón a todo volumen a las dos de la mañana, que era la tortura favorita de mi pobre vecina, que en paz descanse.

No, en paz no: una media hora después del ataque, la vecina, que había quedado muerta en el pasillo, comenzó a parpadear. Luego se convulsionó y, de no haber sido porque le arrancaron las dos piernas, se habría levantado.

Ahora sé con exactitud qué le pasó a mi novio… y al 70% de la población de esta ciudad, si hacemos caso a la última transmisión de TV que pude sintonizar hace semana y media. Aunque ahora, seguramente, es más alto el número total de —¿me atreveré a usar la palabra?— zombis.

Según ese último programa, no se sabe cómo empezó la cosa. Lo único que está más o menos claro es que apareció al mismo tiempo en todo el mundo: un momento todo estaba en orden y al siguiente el caos. No hubo tiempo de tomar medidas, de buscar armas, de acumular alimentos.

El fenómeno empezó un jueves a las 7:23 a.m., tiempo de México, y esa misma tarde mi pasillo estaba lleno de vecinos zombificados, con exnovio incluido. Y digo exnovio no por insensible: simplemente, supongo que todo esto es motivo suficiente para considerar que nuestra relación ha terminado.

3

Las whiskas se van a terminar. No hoy, ni mañana, pero ya quedan menos. Y el agua de la llave ahora sale turbia: supongo que se está acabando en la cisterna. Así que tengo que hacer algo, y pronto. Sin embargo, sigo con la certeza de que salir es imposible: hace unos cuatro o cinco días, el yupi del cuarto piso bajó las escaleras vestido como G.I. Joe. Me dio tanto gusto verlo que le perdoné de inmediato que su poodle se cagara tantas veces enfrente de mi reja. Traía una pistola y le disparó a cuatro o cinco zombis. Llegó hasta la puerta. Incluso la abrió. Entonces entraron siete u ocho infectados más y adiós yupi. Eso sí, desde entonces, cada día los infectados entran y salen a su gusto: a veces hay un par, pero casi siempre son más de veinte. Y yo no tengo pistola.

Me aburro mucho, y a veces hasta me pongo a hablarle a Federico, que ha de seguir, pese a lo zombi, apegado a mí: rara vez se aleja más de cuatro o cinco pasos de mi reja. Tan solo ayer me caché pidiéndole perdón por haber terminado la relación justo ahora que él tiene tantos problemas. De inmediato me arrepentí y hasta me enojé: ¿qué problema puede tener un zombi? Caray, hasta muerto sigue siendo un manipulador chantajista y egocéntrico. Le grité de cosas, pero ni se inmutó. En cambio, se acercaron dos o tres zombis curiosos, así que me callé. Golpearon un rato la reja, pero luego se fueron a curiosear por otro lado. Y todo el tiempo yo los estuve viendo con la puerta abierta: ya no uso la mirilla.

El caso es que no tengo mucho que hacer y he aprovechado el ocio para estudiar a los exhumanos que me rodean. Me he dado cuenta de que hay unos como Fede, que pareciera que se apegan a un lugar o a una persona. Aquí hay varios de esos. Por ejemplo, me da ternurita el cuarentón del segundo piso, que seguía viviendo con su mamá hasta el día que se la comió. Y que todavía ahora lleva a todos lados lo que queda de la señora: un brazo medio podrido, medio seco. ¡Mi *vido!*, pienso. ¡Sigue de la mano de su mami!

Hay otros que tienen una especie de déficit de atención: nada les interesa tanto como para quedarse en un solo sitio. Ni siquiera son capaces de terminar una carnicería. Dos de esos participaron en el yupicidio: luego de un par de mordidas, se fueron a perseguir a una mariposa, aunque su víctima aún gritaba y se retorcía.

Y luego hay otros, los autistas. Se quedan en un solo lugar, con la mirada perdida, como poetas románticos. Hay uno que seguido se queda frente a mi reja; le puse Bobby, porque me recuerda a Robert Smith, pero en guapo. Le ayuda mucho su *look* darketo: la sangre no se nota en su ropa negra, y su aspecto pálido y ojeroso queda muy bien con su peinado a la… bueno, a la Robert Smith. Es bien chistoso porque, si uno no se fija, pareciera que no le pasó nada, y como realmente está muy galán, hasta puedo fantasear un poquito con que coqueteamos. Pero cuando se llega a mover se nota la mordidota de su pierna, hasta se ve el hueso entre la tela desgarrada del pantalón de pana. Se me hace que fue uno de los que tienen TDA, porque es la única herida que tiene. Supongo que por eso está como triste: ni siquiera se lo comieron bien, fue un capricho en la vida zombi de alguien más.

4

Soñé que Fede y Bobby se peleaban por mí. Y que yo, toda magnánima, salía de mi reja y dejaba que entre los dos me comieran, uno el brazo, el otro la pierna. Fue un sueño muy raro porque sentía claramente el dolor de las mordidas, pero no lloraba, ni me espantaba, ni nada. Desperté con la pierna y el brazo derechos hormigueando por la falta de circulación. Pero no pude resistir la tentación y abrí la puerta. Los dos estaban ahí. Me sentí muy sola y me puse a llorar.

Dejé de hacerlo porque escuché voces. Venían de arriba, creo que del tercer piso. Pregunté quién anda ahí y me respondieron: una familia completa sigue ahí, en su departamento, comiendo la dotación de productos Gerber que se ganaron en un programa de tele poco antes de que todo esto pasara. Los envidié mientras me comía un plato de whiskas y no sé si me cayeron bien o mal cuando uno de ellos me dijo que si un día puedo subir me convidarán purecito de manzana y jugo de pera. Me sonó a que se estaban burlando de mí: obviamente, no hay forma de que suba. Malditos egoístas.

Llevo varias horas pensando cómo puedo hacer para subir al tercer piso sin acabar como el 70% de la población de esta ciudad (supongo que ahora debe ser más alto el porcentaje, creo que ya lo dije, pero en todo caso no tiene sentido entrar en detalles. Ni en la estadística, claro).

5

Creo que ahora sí ya valí. Se acabaron las whiskas, no se me ha ocurrido un modo de subir al tercer piso y acabo de descubrir que Federico me engaña con otra. De acuerdo, no me engaña, porque yo lo corté y porque es un zombi. Pero hoy lo vi muy pegadito a la reguetonera (se mueve apoyándose en las manos: yo siempre supe que era una arrastrada), compartiendo una rata que pescaron a saber dónde. Para qué lo niego, sentí feo, sobre todo porque Bobby no está por ningún lado. Y me siento tonta hablando sola.

Bobby entró como dos o tres horas después, arrastrando los pies, muy despacio, como sin prisa. Se paró frente a mi reja y gruñó un poquito. Yo lo interpreté como «hola, perdón por llegar tarde.» Le gruñí de vuelta porque soy muy correcta, y entonces clarito vi que le brillaban los ojos un momento. Luego volvieron a quedar opacos.

Y yo me muero de hambre.

Tengo una idea desesperada. Creo que ya sé cómo hacer para ir al tercer piso. Puede parecer estúpido, pero voy a atraer la atención de Bobby, gruñendo. Y cuando se acerque…

6

Lo hice y estoy sorprendida. Maravillada. Exultante. Y muy hambrienta. Atraje a Bobby con mis gruñidos y, cuando se acercó, saqué la mano por la reja. Como esperaba, Bobby me mordió. Lo empujé con fuerza, con lo que conseguí una fea desgarradura, pero que se tapa fácilmente con la manga (me puse mi playera de manga larga favorita, negra, me queda muy bien) y me senté a esperar. Primero hubo dolor. Mucho. Más del que me esperaba. Era como si me metieran vidrio molido por la herida y la sangre lo empujara por todas las venas y arterias. Luego me dio fiebre y empecé a sudar. Entonces perdí el control sobre mi cuerpo, y comencé a tener espasmos. Entonces me morí.

Cuando desperté, tuve miedo de estar vuelta una tarada como el 70% de la población de esta ciudad (ya sé, ya sé, de seguro ya es mayor el porcentaje) y se me hizo nudo el estómago solo de imaginar que no fuera capaz de abrir la reja. Para mi sorpresa, y pese a la rigidez de mis músculos, no fue tan difícil. Abrí, salí y me senté junto a Bobby. Los demás zombis ni siquiera voltearon a verme, pero él me sonrió.

—Yo puedo hablar —logré decir, muy despacio, muy torpe, luego de gruñir lastimosamente un par de veces—. ¿Y tú?

Se me quedó viendo. Pensé que no me había entendido, pero al poco rato su cara dibujó algo parecido a la sorpresa.

—Caray… sí, yo también. No se me había ocurrido.

—Claro, como todos gruñen, uno se imagina que es lo único que puede hacer, ¿no?— quise ser comprensiva.

Él sonrió.

Me acordé, poco a poco, de la siguiente parte de mi plan. Se lo conté a Bobby y le pareció muy buena idea. Entramos a mi casa por un pantalón limpio (había sido, por supuesto, de Fede; pero eso había ocurrido una vida antes, o eso me parecía) y mientras él se lo ponía yo me di un peinazo y me bajé bien la manga de la playera.

Subimos sin problema al tercer piso. Sin problema convencimos a los vecinos de que habíamos logrado escapar de milagro. Sin problema saciamos el hambre con carne fresca. Tenía un ligero saborcillo a Gerber de manzana, muy gourmet.

—Me llamo Roberto —me dijo Bobby.

Me quedé callada, tantito porque pienso más despacio y tantito porque supe que su nombre era una señal: al fin había encontrado la respuesta del destino.

Nos tomamos de la mano y salimos a buscar más sobrevivientes. No cabe duda: este es el inicio de una hermosa historia de amor.

BUCEO

Rodrigo Fuentes

Es que él tenía un corazón enorme. Yo creo que por eso aguantó tanto tiempo, dijo Henrik, por ese corazón tan grande que tenía. A mí me mirás alto, pero mi hermano me sacaba media cabeza. Recibió penca mi hermano. Imaginá lo que es meterte tanta droga por tantos años, eso lo destroza a cualquiera. Pero Mati siempre mantuvo un aire joven, suspiró Henrik, incluso con las caídas y las recaídas, cuando lo que salía arrastrándose del hoyo ya no era mi hermano sino un trapo hediondo.

Increíble cuánto puede cambiar un cuerpo. Te lo digo yo, que he cargado a Mati por los callejones más oscuros de esta ciudad. Tirado en alguna esquina de la Zona 5, todo hinchado y sin zapatos. Varias veces me tocó sacarlo de ahí, y fijate que en esos callejones es donde menos me ha costado cargarlo. Los bolos se hinchan pero con tanta droga se fue rebajando hasta que solo quedaba el saco de huesos que me echaba al hombro. Ahí, en una de mis idas a la terminal, cuando ya lo daba yo por muerto, abrió los ojos muy grande y me miró con esa misma sonrisa que te mencionaba antes, la que tenía desde niño y encariñaba a cualquiera.

El viaje al lago del que te hablo fue luego de la Navidad. Mati se había graduado del colegio un año antes, y recuerdo bien la época porque acababa de hacer uno de sus numeritos. Ya sabés que él se desaparecía dos, tres, cuatro semanas, a veces hasta más. Pues ya era diciembre y no lo veíamos desde hacía un mes, así que mis padres decidieron que los tres íbamos a pasar la Navidad en la Antigua. Ya que regresamos a la ciudad, mi mamá encendió las luces de la casa y descubrimos, en medio del jardín, la ceiba de siempre, solo que convertida en árbol de Navidad. Mati había sacado todos los zapatos de nuestros clósets y los había usado para decorar el árbol. Hasta lo más alto llegaban esos zapatos, no sé cómo alcanzó ahí. Dos de mis tenis colgaban de una rama torcida, y en otra más lejana pude ver un par de tacones de mi mamá, haciendo equilibrio. Ella se quedó un rato observándolo todo y luego se dio la vuelta y caminó al cuarto. Pero mi papá siguió ahí, mirando el árbol, intentando descifrar algo en la decoración, supongo, y cuando me volteó a ver dijo que bueno, tampoco le había quedado tan mal, ¿no?

Ese era el tipo de cosas que hacía mi hermano. Ya luego todo fue empeorando, pero en esos tiempos sus disparates todavía mostraban una especie de cariño descarrilado. Al día siguiente pasó por la casa para darnos el abrazo de año nuevo, al menos por adelantado, dijo, y nadie mencionó la ceiba. Ahí estábamos a unos cuantos metros de nuestro nuevo árbol navideño, rotundo al otro lado del ventanal, pero mi hermano no lo comentó o ya de plano no lo recordaba, y entre nosotros nadie sacó el tema. Comimos huevos y mi mamá hizo *smørrebrød* para el desayuno. Luego del café mi hermano se llevó a mi papá al estudio y ahí le estuvo hablando largo rato. Desde su lado de la mesa, mi mamá evitó mis ojos mientras le daba sorbitos a su taza. Sabíamos que solo era cosa de tiempo para que el viejo claudicara y le diera algo de dinero. Cuando salieron del estudio mi papá veía al suelo, complacido con la mano de Mati sobre su hombro, y me dio tristeza verlo así, avergonzado y feliz a la vez.

En el lago se fue a quedar a la casa del Tavo. El Tavo era su compinche de esa época. Tiempo después mató a un hombre en la costa y terminó metido en problemas con gente seria, pero en esos días mi hermano y el Tavo eran uña y mugre o más bien mugre y recontra mugre, porque se potenciaban entre ellos, lo que hacía uno lo superaba el otro, sobre todo cuando de burradas se trataba. La noche que llegaron al lago a Tavo se le ocurrió ir a buscar putas al pueblo para llevarlas de vuelta a la casa. Cerca de la Avenida Santander subieron a dos al carro y el Tavo, que venía encabritado de tanta droga, empezó a pasarse de listo, hablaba bronco y más recio, y las putas decían menos y más se miraban entre ellas. En una de esas una navaja apareció desde el asiento de atrás, contra el cuello de Tavo, y entonces se hizo silencio en la cabina. Un kilómetro más adelante las putas se bajaron del carro, cada una con una billetera. Esa era una de las historias que se contaba por esos días: que al Tavo y a Mati los habían asaltado dos putas.

Esa fue la noche del 30, y entonces decidieron desquitarse con una buena farra en la casa del lago. Yo ya he estado en la sala de esa casa. He visto el gran ventanal que se abre frente al jardín, la caída prolongada de la grama hasta la orilla del lago. Casi duele la vista de tan linda, con los tres volcanes al fondo. Yo no me meto cosas, ya lo sabés, pero si tuviera que elegir dónde hacerlo diría que ahí, frente al ventanal de esa sala, se encuentra el lugar ideal. Eligieron bien los condenados. Y se dieron su fiesta. Años después mi hermano estaría mendigando alcohol de farmacia por la zona 3, pero en esos días todavía estaba en lo alto de la ola, tambaleándose en la mera cresta. Así deben haber estado los dos, picados como el lago en diciembre, cuando se les ocurrió salir a bucear. Solo a alguien tan arriba se le ocurre bajar tan abajo. Tavo me dijo luego que borrachos no estaban, y que en todo caso andaban con la mente bien clarita, con la claridad que tienen los viajes dilatados. La cosa es que el Tavo era un buzo experimentado, con licencia, pero Mati era un hombre cualquiera, un hombre montado en la cresta y con ganas de llegar hasta el fondo de las cosas.

En esos años acababan de descubrir unas vasijas mayas en la costa este del lago, por Santa Catarina Palopó, y se hablaba mucho sobre una ciudad maya sumergida. Alguna gente por ahí había encontrado pedazos de cerámica en la playa, con diseños en tonos rojos y ocres, y se pensaba que un centro ceremonial había existido en una isla cerca de la orilla. Pero el nivel del agua había subido, hundiéndolo todo. Eso tenía que haber sido hace cientos, probablemente miles de años.

Puedo imaginar cómo se habrá visto todo esa madrugada, porque yo lo he visto también. Tenés los tres volcanes enormes al otro lado del lago, y en lo ancho de sus faldas se dibuja la orilla que va dándole la vuelta a la cuenca. A esa hora todo está nítido pero también muy quieto. Ya que empieza a salir el sol atrás tuyo se iluminan las cumbres de los volcanes, y la luz va bajando por las laderas hasta entrar al lago. Es la misma claridad que te permite ver todo lo que ocurre en el agua, el paso de los peces como atolondrados por la mañana, deslizándose perezosos en alguna corriente.

El Tavo decidió que sacarían la lancha, y ya empezaba a salir esa luz de la que te hablo cuando zarparon del muelle. Fueron bordeando la costa de Santa Catarina en dirección a Agua Escondida. Por supuesto que los dos creían conocer el lugar exacto donde se encontraba la ciudad al fondo del lago, pero como no se ponían de acuerdo decidieron echar ancla en un punto medio. Así dirimían sus diferencias, fijate que eran buenos para eso. En la parte alta del cielo, aún morada, mi hermano distinguió tres estrellas alineándose. Eso lo dejó alterado, según Tavo, aunque es difícil saber a ciencia cierta qué fue lo que vio. Tavo dice que a partir de entonces declinó ponerse el equipo de buceo. Mi hermano siempre se había sentido conectado con la naturaleza, con la vida de campo, y creo que por eso se ponía receloso con las cosas hechas por el hombre, con los instrumentos que lo alejaban de ese contacto. Así que el Tavo se puso su equipo, hizo las revisiones de rigor, y se dejó caer de espaldas al agua. Mati tardó más, pero al poco tiempo entraba en el agua él también, con una careta y un esnórquel.

Es frío el lago, ya sabés cómo se pone en diciembre. Pero imagino que sacaron petróleo de reservas, y de esa fuerza que da la droga. El Tavo se hundió a unos veinte pies y mi hermano lo fue siguiendo desde arriba, como pez piloto, atento a los lugares que su amigo señalaba con el pequeño tridente que llevaba en la mano. Más adelante se abría una quebrada y el suelo caía en picada hacia profundidades más oscuras. Cambiaron de dirección y continuaron al filo de ese precipicio, bordeándolo. Mi hermano descendía cada cierto tiempo, acercándose a las piedras y los peces que Tavo iba reclamando con su tridente. En uno de esos descensos descubrió que Tavo ya no avanzaba, atento a una piedra que surgía entre la arenilla cercana al precipicio. Subió a tomar aire y, luego de dar una buena bocanada, bajó otra vez.

Observaron la piedra por varios segundos. Tavo se sacó la boquilla de aire y se la ofreció a mi hermano. Así lograron quedarse largo rato, pasando la boquilla de ida y vuelta mientras admiraban lo que parecía la parte superior de una estela maya. Al fin se acercaron y empezaron a escarbar juntos la arena alrededor. La piedra era lisa, dijo Tavo, era dura y lisa y tenía inscripciones talladas que se palpaban con las yemas de los dedos. Cada vez se veían mejor las líneas, el principio de un diseño que se extendía hacia el resto sumergido. Ahí había un plan que pronto les sería revelado, y siguió escarbando. En algún momento entendió que solo él trabajaba, y al alzar la vista descubrió que mi hermano se había alejado hacia el borde del precipicio. Miraba hacia abajo, dijo Tavo, al fondo oscuro de esa quebrada. No se movía y Tavo pensó en acercarse, ofrecerle la boquilla, pero mi hermano parecía tan concentrado, tan atento a esas profundidades, que Tavo solo se mantuvo asido a la estela. Entonces Mati volteó sobre su hombro y lo miró a él. A Tavo eso lo dejó frío, me dijo, porque intuyó que *algo estaba a punto de joderse*, y vio con aprensión, casi en cámara lenta, que los pies de Mati buscaban la arenilla del fondo. Logró asentarlos y, flexionando las rodillas, se empujó con fuerza hacia la superficie. A Tavo le tomó un segundo entender que seguiría de largo, que ascendía sin freno. Habían estado respirando el aire comprimido del tanque, sabía Tavo, y ese aire iría creciendo allá arriba, expandiéndose en el cuerpo de mi hermano hasta reventarle los pulmones. Tenía que descompresionar, dilatar el ascenso, pero esos trámites no eran parte del viaje de Mati. Tavo se soltó de la piedra y empezó a subir, expulsando el aire sin parar, descompresionando de emergencia para hacerse el menor daño posible.

En la superficie Mati flotaba boca arriba. Tavo se quitó la careta y se la quitó a mi hermano. Tenía las pupilas enormes, me dijo. Las venas del cuello le trepaban hinchadas y azules desde el pecho hacia su cara, como el reflejo obsceno del ramaje en la estela. No respondía. Tavo le hablaba pero mi hermano solo flotaba boca arriba con los ojos muy abiertos. Vaya uno a saber cómo logró subirlo a la lancha, imaginate lo que habrá sido eso con un cuerpo como el de Mati. Pero ahí es donde se mira la amistad, ahí se le mide el temple al hierro. La cosa es que Tavo lo subió, como pudo lo encaramó sobre el borde de la lancha, y de un solo arrancaron en dirección al muelle público de Santa Catarina Palopó.

Yo fui luego a ese muelle, a las cuantas semanas, para averiguar con la gente de ahí lo que había pasado. Y los pescadores me contaron que la lancha venía tan rápido que casi se estrella contra el muelle, apenas les dio tiempo a un par de ellos de sacar sus cayucos del paso. Lo que más les sorprendió fue el cuello de mi hermano, me dijeron. Se le había hinchado tanto que en realidad ya no existía, como si el mismo cuerpo le naciera de la cabeza. Era un hombre lagarto, me dijo el hombre que lo describió, con las venas azules regadas por todo el tronco.

La gente se arremolinó en el muelle con los gritos de Tavo. Pronto llegó la ambulancia del pueblo, un *jeep* reconvertido en vehículo de emergencia. Entre varios montaron a mi hermano en la camilla, pero era demasiado largo y al meterlo en la cabina no cabía en el *jeep*. Así que lo acomodaron en diagonal y tuvieron que dejar la cajuela abierta para darle espacio. Tavo me dijo que la gente a la par de la carretera se persignaba cuando los veían pasando, los dos pies desnudos rebotando sobre la orilla del baúl abierto.

Yo estaba en el jardín de la casa cuando sonó el teléfono. Escuché un grito y luego otro y cuando entré a la sala mi mamá estaba en el suelo. Mi papá intentaba consolarla, arrodillado junto a ella. Fue extraño: por primera vez en mi vida los vi así, desde arriba, sus cuerpos torcidos por la angustia. Al verme mi papá se levantó y se sacudió las rodillas con las manos. Mati está mal, me dijo. De un momento a otro se taparon mis oídos. Entre la sordina, oí que mi papá mencionaba algo sobre los pulmones de mi hermano, una cámara de descompresión en Miami, la urgencia del viaje para arreglarlo. ¿Arreglarlo?, pregunté, pero mi papá solo vio al suelo y tomó a mi mamá por el hombro. Ahí abajo, ella se agarraba la frente con las manos.

Ese fue nuestro último viaje en familia. Mi papá llamó a varios de sus amigos —esos amigos que lo olvidarían de un día a otro—, y uno de ellos contactó a un conocido que tenía un avión. Así era en esa época: existían conocidos que tenían un avión. El hombre consintió alquilarle su pequeño jet de cabina presurizada por un módico precio que luego contribuyó al debacle financiero de la familia. Así que ahí estábamos, en plena pista del aeropuerto, esperando junto a un doctor y con mi hermano en la camilla. Se encontraba completamente cubierto por sábanas, con mascarilla de oxígeno y tubos conectados al cuerpo. El doctor nos dijo que nada era seguro, que en Miami sabríamos qué posibilidades tenía. La presión ahí arriba sería un problema, dijo, y señaló al cielo.

Lo fue. Nos tocó una tormenta y el piloto tuvo que ascender a cuarenta mil pies, montándose sobre las nubes, y eso hizo necesario subirle la presión a la cabina. El médico le dijo a mi papá que así no aguantaría, no, señor, la presión era demasiado alta para sus pulmones. Lo vamos a reventar, empezó a decir el médico, lo vamos a reventar, repetía con más fuerza. Aguardamos alrededor de mi hermano, en la cabina reconvertida del jet, preguntándonos cuánto resistiría ese cuerpo. Y mi papá le gritaba al piloto que bajara la presión, y el piloto le gritaba de vuelta que no podía, que entonces reventábamos nosotros. Así que seguimos, cabalgando las nubes negras, con el piloto bailando en un pie, el médico sudando, y nosotros tres agarrados a la camilla con tenacidad, suspendidos, flotando en ese insólito lugar, esperando que amainara la tormenta.

EL ÚLTIMO

Carlos Fonseca

Para Gabriela Nouzeilles

Nunca lo conocí. De él me quedan las escenas que logro imaginar a partir de las cinco cajas de archivo que la viuda me ha dejado. Anécdotas provistas por familiares, ediciones alemanas, inglesas y francesas de sus tres libros, descripciones de amigos que lo visitaron durante el retiro absoluto que marcó sus últimos años, un puñado de amarillentas fotos en las que aparece ya mayor, perdido entre sus fobias, rabiosamente ajeno. Guardo, incluso, una copia de un ensayo traducido al castellano por un antiguo estudiante suyo. Ese mismo estudiante paraguayo que años más tarde, vuelto profesor, me hablaría de ese hombre con el entusiasmo desmedido de quien cree haber conocido —aunque solo fuese por un año breve, acotado por los primeros malestares del viejo mentor— a un verdadero genio. Ese mismo antiguo alumno que años más tarde me convencería de viajar hasta los Alpes suizos, en busca de los archivos de un antropólogo del que yo ni siquiera había escuchado hablar. No. Nunca conocí a Karl-Heinz Von Mühlfeld, pero ahora que inmerso en su archivo recreo su vida como si de las siluetas de un rompecabezas se tratase, puedo imaginarlo perfectamente, perdido entre los largos pasillos de ese sanatorio caribeño en el que pasaría los últimos diez años de su vida: las manos escondidas tras los guantes blancos que había comenzado a llevar hacía décadas, la mascarilla siempre puesta, los pasos lentos de quien cree que todo paso más allá es un peligro. Puedo imaginarlo, encorvado sobre su propio cuerpo tal y como antes se había encorvado sobre sus obsesiones, prisionero de las mismas ideas fijas que años antes lo habían llevado a convertirse en un reconocido profesor de antropología. Un hombre que había llevado sus ideas al límite, para luego mirarse un día en el espejo y temblar de espanto.

A imaginar escenas, así dedico las horas libres del día. El resto le pertenece al archivo. Es allí donde encuentro los datos que engalanan la biografía que algún día pienso publicar sobre tan excéntrico hombre. Es allí donde encuentro, por ejemplo, lo básico: la fecha de nacimiento, los estudios primarios, las fijaciones de adolescencia, las primeras incursiones en la antropología. Y es desde allí que logro esbozar breves y puntuales oraciones como esta: «Karl-Heinz Von Mühlfeld, defensor de la sociología de masas, nace el 15 de abril de 1932 en un pequeño pueblo a las afueras de München. Veintiséis años más tarde se doctora como antropólogo por la Universidad de París con una tesis titulada, según la traducción que años más tarde propondría un traductor paraguayo, *La imitación y el contagio: tesis sobre la psicología de las masas populares*, obra marcada por la profunda influencia que el sociólogo francés Gabriel Tarde había dejado sobre el joven antropólogo. Obra cuya tesis principal es tan fácil de resumir como tan difícil de comprobar: en el corazón de la sociología moderna —marcada por el surgimiento del fenómeno de las masas populares— se encuentra el principio de la imitación como contagio. Es decir, el contagio produce cultura. La cultura no es sino contacto e imitación.» Escribo cosas así con la única intención de llegar a entender a este hombre cuyas ideas luego llevarían a la demencia. Este hombre que un día decide —después de años de haber vivido en la tumultuosa selva amazónica, después de años de haber convivido junto a decenas de tribus amerindias, en el corazón de un mundo natural que no respetaba ley de pureza alguna— regresar a Europa, ponerse guantes blancos y alejarse de la sociedad como buen ermitaño, convencido como estaba de que el mundo era un nudo de impurezas, un enjambre de bacterias flotantes que un día lo llevarían a su propia muerte. Escribo datos aburridos como estos tratando de entender el momento preciso en el que una idea se convierte en su opuesto. Ese instante atroz y terrible en el que, sin pensarlo, un hombre se convierte en sus miedos. Entonces vuelvo a imaginarlo en su laberinto caribeño, perdido entre las enfermeras que de seguro lo miraban con extrañeza y compasión, balbuceando en alemán frases que de seguro nadie entendía excepto su enfermera privada, convencido de que nunca antes había sido tan racional como lo era en ese momento. Busco, en las cinco cajas que la viuda me regaló, la clave que me ayude a entender ese instante preciso en el que Karl-Heinz Von Mühlfeld comprende que su cuerpo sería el último refugio posible ante una realidad que lo avasallaba por todas partes.

No encuentro, sin embargo, más que contradicciones. Por ejemplo, acá: una fotografía en blanco y negro que lo ubica, corpulento y elegante, en plena selva, inmerso en cierto aura de aventura. En el reverso de la imagen encuentro una fecha y un lugar: *Paraguay, Departamento de Sandro Pedro, 1957.* Me digo que debe haber sido tomada en uno de esos viajes de campo que el joven antropólogo emprendería durante la segunda parte de los años cincuenta y de cuyas investigaciones se desprendería su segundo libro. Terminada la tesis doctoral, Von Mühlfeld había llegado a obsesionarse con un fenómeno específico. Como quien intenta curarse mediante una poción homeopática, parecía convencido de que la única forma de demostrar sus tesis sobre la cultura del contagio era explorar el fracaso de los proyectos de pureza utópica. Le interesaba estudiar las historias y los fracasos de esas comunas que, desde mediados hasta finales del pasado siglo, habían llevado a miles de europeos a arriesgar sus vidas en largos viajes a tierras sudamericanas. Alemán e indudable hijo de la posguerra, creía encontrar allí la expresión más clara y profética de la idea que años más tarde habría de llevar a su país a la ruina: la idea de que la verdadera cultura es siempre producto de la pureza. Le interesaba retratar la historia póstuma, mestiza e impura, ruinosa pero magnífica, de esos pueblos ahora olvidados bajo nombres varios: *Topolobampo, Colônia Cecília, Canudos, Nueva Australia, Nueva Germania.* Sociedades utópicas de las que, con el paso de los años solo quedaría, a modo de refutación absoluta de sus bases, el mestizaje bastardo entre Europa y América. En esos pueblos en los cuales hombres rubios hablaban guaraní encontraba la presencia irrefutable de nuevas modalidades de cultura. Pienso en cosas así y me digo que la fotografía debe haber sido tomada por esos años en los que Von Mühlfeld todavía creía en el poder de las ideas, cuando todavía era capaz de hundir las botas en el barro de la selva húmeda sin sentir los escalofríos que más tarde lo llevarían a la soledad y al aislamiento.

Debe de haber sido por esos mismos años que llegó a obsesionarse con una comuna en específico: aquella *Nueva Germania* que, en un delirio de grandeza aria, convencido de la superioridad de la cultura alemana, Bernhard Förster había decidido fundar en 1886, a orillas del río Aguaray. Como muchos otros, Von Mühlfeld había llegado a interesarse en la historia de *Nueva Germania* a raíz de una coincidencia biográfica. En aquella alucinante travesía que terminaría por depositar a catorce familias germanas en el corazón de la selva paraguaya, se encontraba una mujer que luego haría historia o, dicho de otro modo, se encargaría de rescribir la historia. Entre las pocas alemanas que completaron el trayecto se encontraba Elisabeth Förster-Nietzsche, hermana de Friedrich Nietzsche y esposa de Bernhard Förster. Apasionado lector de Nietzsche, Von Mühlfeld había llegado a interesarse en la siniestra figura de Elisabeth Förster-Nietzsche luego de leer, en unas de las primeras biografías publicadas en torno al filósofo, sobre el rol central que ella había tenido en la edición y recepción de su obra. Desde muy joven le había fascinando esa escena en la que el filósofo, tras ver cómo un cochero castigaba fuertemente a su caballo, lanza sus brazos sobre el caballo en gesto de compasión y en el acto sufre un colapso mental del que nunca volvería a recuperarse. Le gustaba imaginar aquella triste escena, ocurrida en las calles de Turín, como la síntesis de un pensamiento que llegaba a sus límites y se convertía en otra cosa: en las cartas demenciales que el propio

Nietzsche enviaría años más tarde a su amiga Cosima Wagner, en los delirios megalómanos del propio filósofo enfermo, en la triste historia de la asimilación de su pensamiento a la creciente ideología del nazismo. En fin: en todo eso que el pensamiento de Nietzsche se convertiría una vez la viuda Elisabeth Förster-Nietzsche —luego del fracaso de *Nueva Germania* y el suicidio de su marido— desembarcó de regreso en Alemania, con la convicción puesta en guiar la demencia de su hermano hacia los fangosos terrenos de su propia fantasía. Le fascinaba imaginar que, desde 1883 hasta el final de esa guerra entre cuyas ruinas había crecido, Nietzsche había sido leído como el filósofo de la *Nueva Germania*. Explorar el colapso y la supervivencia mestiza de aquel falso diorama perdido en tierra paraguayas era su manera de redimir a uno de sus filósofos favoritos de las garras inmisericordes de su propia hermana. Poco sabía Karl-Heinz Von Mühlfeld que las vidas a veces se empeñan en repetirse y que, tal y como el colapso de Nietzsche en Turín repetía una escena soñada en *Crimen y castigo*, él mismo terminaría sus días en una suerte de manicomio no tan distinto de aquel en el que Nietzsche pasó sus últimos días, perdido entre ideas que se negaban a saludar al mundo.

Ahora que, revisando fragmentos salteados del libro que surgió de todo aquello, vuelvo a leer sus tesis sobre la importancia del contacto corporal y físico sobre la construcción de la cultura, puedo imaginarlo en plena selva paraguaya, consciente de que su viaje repetía, en cierta medida, aquel fatídico viaje de Förster. Lo puedo imaginar, joven y valiente, cruzando a caballo un fangoso riachuelo, convencido de que su extraña pero valerosa repetición terminaría por reescribir como farsa aquello que antes había sido mera tragedia. Para ese entonces, me digo, era incapaz de vislumbrar los peligros que se escondían detrás de su lógica homeopática. Para ese entonces, me repito, no podía ni siquiera vislumbrar la frágil frontera que distingue a la cura del veneno, ni tampoco la frágil frontera que separa la razón de la locura. Lo puedo imaginar perfectamente, durmiendo al aire libre, de cara a los mosquitos y al calor de la tarde, totalmente ignorante de la frontera que acababa de cruzar. Y es que ese libro, que lleva el sugestivo título de *Unreinheit des Reinen* —traducido por mi mentor paraguayo como *La impureza de lo puro*— está repleto de fronteras: porosas fronteras entre su propia vida y la vida ajena, entre lo puro y lo impuro, entre la ficción que Von Mühlfeld creía vivir y aquella que poco a poco lograba infiltrarse entre tanta teoría abstracta. Quien ha leído *La impureza de lo puro* puede dar testimonio de que no se trata de un libro meramente teórico, sino de un libro en el que su autor se jugaba algo más. Un libro en el que el lector descubre un deseo autobiográfico: narrando el extraño destino de aquella colonia llamada *Nueva Germania*, Von Mühlfeld busca narrarse a sí mismo. Es un libro, por así decirlo, que admite muchas lecturas. Es un libro sobre aquella colonia utópica, pero es también un libro en el que el autor termina viéndose reflejado en la biografía de otro hombre: Nietzsche. En las anécdotas que cuentan los pocos familiares y amigos que lo vieron durante esa época, la misma imagen se repite: la imagen de un hombre consumido no solo por sus teorías, sino por el alcance de sus pensamientos. Los que lo vieron durante el proceso de escritura, describen a un hombre cada vez más neurótico, que parecía encerrarse sobre su propio cuerpo con la misma furia con la que batallaba por deshacerse de la herencia atroz que la historia le había dado. Cuentan que viajó a Paraguay tres veces. Cada vez más arisco, más retraído, más ensimismado y lejano. A la tercera regresó más flaco que nunca, vistiendo los guantes blancos que llevaría por el resto de su vida. Dicen que en esa última ocasión, salió pocas veces de su casa, convencido como estaba de que la selva terminaría por infectarlo con algún virus mortal. Esa vez se dedicó simplemente a escribir.

Según leo en las anécdotas archivadas por su ahora difunta esposa, cuentan los que allí estuvieron que fue por esos días cuando paró de relacionarse con los habitantes de la región, con excepción de un indígena de mediana edad que lo ayudaba con los quehaceres y con la comida. Un indígena forastero al que llamaban *el mudo*, pues casi no hablaba la lengua local. Dos o tres veces a la semana, por los tres meses que duró esa estadía, *el mudo* salía a comprar los vegetales que luego cocinaba para su jefe. Decía poco y contaba menos, solamente lo absolutamente necesario para comunicarse. Luego regresaba inmediatamente a la vieja casa donde lo esperaba su patrón. A nosotros, los que no estuvimos allí, nos queda la tarea de imaginar la extraña soledad de lo que allí ocurría a puerta cerrada. A nosotros nos queda la tarea de imaginar al precozmente envejecido antropólogo tecleando en plena selva, los guantes blancos marcando el absurdo de la escena, mientras a su lado, *el mudo* permanecía callado a espera de nuevas órdenes. Una escena que adquiriría sentido décadas más tarde, cuando bajo el título de *El último* Von Mühlfeld publicara su libro final, en cuyas páginas quedaba retratada la triste biografía de aquel solitario indígena y, junto a ella, la verdadera razón de su silencio. Pero eso sería décadas después. Aquel verano de insufrible calor, todos los habitantes vieron otra cosa: una alianza inusual que más de una vez llevó al chisme y al rumor, una alianza entre un hombre que se negaba a comunicarse con el mundo y un hombre que se negaba a tocar el mundo. Vieron lo que luego verían sus amigos de la facultad a su regreso a Europa: vieron cómo Karl-Heinz Von Mühlfeld se escondía poco a poco detrás de su propio cuerpo, derrotado por las mismas ideas que en algún momento le había regalado el mundo. Los viejos amigos, ahora enajenados, que lo vieron partir una tarde de febrero en el barco que lo llevaría de vuelta a Europa, sabían que aquel hombre no regresaría y que si lo hacía, sería irremediablemente otro. No se equivocaban: los guantes blancos que ahora lo caracterizaban eran el primer síntoma de un malestar mayor.

Esos viejos conocidos adivinaban lo que se avecinaba: la forma en la que, a su vuelta a Europa, Von Mühlfeld se escondería detrás de sus fobias y de sus malestares higiénicos. La forma en la que sus ideas, llegando al límite, se volcarían sobre su cuerpo con la furia de la peor venganza. A la historia, sin embargo, le gustan las contradicciones y los enigmas. La publicación, en 1970, de *La impureza de lo puro*, terminaría por consagrarlo como un enigma teórico, mientras en torno a él y sus guantes blancos comenzaban a crecer teorías y conspiraciones. En mucho ayudó su paulatina desaparición de los foros públicos, su progresiva adopción de anonimato y su encierro. Lo que le sigue a esa publicación tan esperada es puro silencio y misterio. Décadas en las que los miembros de la facultad solo podían adivinar el tema que lo ocupaba, las siluetas de ese libro que se decía el maestro trabajaba en silencio. Solo a Miguel Ángel Vera, sin embargo, le fue dada la oportunidad de ser testigo del proceso de escritura de aquel enigmático libro. Nunca sabremos qué vio el esotérico antropólogo en la figura raquítica de aquel joven estudiante paraguayo, pero la verdad es que fue a él al único que permitió entrar en la intimidad de su hogar. Años más tarde, Vera describiría para mí aquella casa con la precisión de un pintor realista: el minimalismo absoluto, la atmósfera de pieza de hotel, la forma en la que tres empleadas parecían limpiar la casa constantemente. Todo era blanco en aquella casa, todo parecía desaparecer detrás de un horizonte pulcro, menos el tablero de ajedrez ubicado en el centro de la sala. Todas las tardes, por los primeros nueve meses de 1971, Miguel Ángel Vera compartió junto al maestro el único pasatiempo que parecía distraerlo de sus ideas fijas y de sus fobias. Todas las tardes, según me contaría años más tarde, Vera se presentaba a las dos en la puerta del maestro. Jugaban tres horas, al cabo de las cuales, con una exactitud que siempre admiró, Von Mühlfeld cantaba el jaque mate, se disculpaba con un gesto excesivamente noble y desaparecía pasillo abajo, tras una serie de puertas que al joven Vera le estaban vedadas. En más de una ocasión, mientras terminaba la copa de vino blanco que siempre le servían, Vera escuchó el rumor de un teclado proveniente de la habitación del maestro e intuyó que detrás de aquellas puertas se gestaba un nuevo libro. No se equivocaba: quince años más tarde, en 1986, diez años antes de su muerte, aparecía publicado, sin anuncio alguno, *El último*.

Cuando apareció, muchos creyeron que *El último* simplemente retrataba los delirios tardíos de un hombre loco. Otros creyeron que se trataba de un nuevo rumbo en los trabajos de Von Mühlfeld. Solo los viejos amigos que lo conocían de su época paraguaya pudieron reconocer, en la figura del protagonista, la silueta silenciosa de su antiguo acompañante. Solo ellos pudieron reconocer, en el taciturno aura de aquel hombre, la silueta de *el mudo*. Comprendieron entonces su silencio. *El último* narra la biografía de un hombre singular: un indígena condenado al silencio por la paulatina desaparición de su propio idioma. A través de una biografía que por momentos toma vuelos teóricos, Von Mühlfeld reflexiona sobre la desaparición de las lenguas autóctonas y sobre la soledad de las culturas indígenas. Como argumentó más de una reseñista, se trata de un libro que parece ir en contra de cada una de las teorías previas de su autor. Si la cultura es contagio, si toda cultura es impura —argumentaron muchos— no existe entonces tal cosa como la desaparición de una cultura, sino su transmutación. Poco podían importarle al viejo antropólogo tales críticas, inmerso como estaba en su propia reflexión, en un idioma privado que terminaría por llevarlo a la parálisis y a la inacción. Como a él, poco me importan a mí también tales críticas. Prefiero regresar a ese verano paraguayo e imaginarlos a ambos —el antropólogo y *el mudo*— sentados lado a lado, polos opuestos de un mundo en ruinas que se había encargado de exiliarlos. Me gusta imaginar que años más tarde, perdido en un sanatorio caribeño, prisionero de una fobia higiénica que lo llevaría hasta la parálisis, Von Mühlfeld reconocería en el solitario periplo de *el mudo* un reflejo de su propia travesía. Tal vez entonces comprendió que también él era el último y que su condena era repetir tardíamente, tal vez en clave de farsa, aquella tragedia que un siglo antes había vivido Nietzsche tras caer en las garras de su hermana. Tal vez entonces, Von Mühlfeld comprendió que, como el filósofo, tampoco él estaba a salvo de las garras del nazismo. Poco podía hacer para ese entonces, paralizado como estaba en una silla de cara al mar Caribe. Nietzsche, repitió entonces, había sido el primero. Tal vez él sería el último.

UNA POR LA MAMÁ

María José Navia

Ahora que mi sobrina duerme a mi lado, ahora que estás lejos y no vuelves. Ahora. Ahora ahora ahora. Ahora que ya no cuento las porciones de comida que dejo entrar en mi cuerpo, ahora que no nos miramos frente al espejo una junto a la otra, aprendiéndonos de memoria nuestras costillas y los huesos que se marcan en la pelvis, las caderas, la clavícula. Ahora que nadie hace las preguntas incómodas. Ahora que estamos lejos de las rutinas de pesarse de espalda, para así no mirar los números que marca la balanza, ahora que no nos obligan a comer aunque sea un postre, ahora que nos dejan afeitarnos las piernas sin una enfermera ahí sentada sobre el inodoro e intentando mirar a cualquier otra parte. Ahora. Ahora que no guardamos bolsas con comida entre las cajas de zapatos. Ahora que nuestros padres hacen como si todo estuviera atrás, tan atrás, ahora ahora ahora. Ahora que no nos hacen dibujar nuestras siluetas sobre un papel, las siluetas redondas, los perfiles de ballena, ahora que los tíos y las tías han vuelto a saludarnos y le hacen cariño a Margarita cuando pasa frente a ellos y es mamá quien la lleva a la escuela y papá quien la ayuda a completar sus tareas de matemáticas. Ahora que Sergio dejó de intentarlo, de pasearse por fuera de nuestra casa y de llamar por teléfono a todas horas para quedarse ahí esperando con su respiración jadeante, ahora que puedo mirarla comer galletas sin tener ganas de gritar, ahora que soy la tía que la ayuda a vestirse por las mañanas y le prepara *waffles* en una máquina que los hace con forma de Mickey Mouse, ahora que no pregunta por ti, ahora. Ahora.

Todo empezó de a poco. Apuesto a que no te diste ni cuenta. De a centímetros se la fueron llevando. Cada vez sentada más lejos de ti en la mesa, cada vez durmiendo más en la cama de los papás.

No los *suyos*.

Los *nuestros*.

Después del escándalo del embarazo, de que te echaran del colegio, de que no te dejaran salir salvo a los controles médicos porque qué iba a pensar el mundo. Ese mundo de nuestros padres que siempre estaba tan lleno de voces. Esas voces que conocíamos tan bien. Que se nos fueron metiendo en la piel, en los oídos, que lo llenaban todo.

(Y hablaban tan fuerte).

Decían: las niñitas García. Las gorditas. Tan amorosas, cómo comen helados en la playa. Tan divertidas con esos vestidos apretados, con esas poleras que siempre les quedan cortas y esos brazos rechonchos. Hasta que nos cansamos de escucharlos y decidimos dejar de comer.

(Y éramos ordenadas. Teníamos un plan).

Durante el desayuno, tú le hablabas a mamá y le pedías cosas mientras yo metía las tostadas en los bolsillos del chaleco de la escuela. Luego yo le pedía, urgente, que me ayudara a buscar esas medias favoritas mientras tú chorreabas el cereal por el lavaplatos. Una por ti. Otra por mí.

Durante el día, mis manos olían a mantequilla. Restos de mermelada entre mis uñas.

Por las mañanas, antes de que nadie despertara, nos pesábamos. Desafiantes. Los dientes y la saliva aún ácidos por el último vómito. Siempre salías victoriosa. Tú, con los huesos de las costillas cada vez más visibles; con esos ojos que empezaban a lucir hundidos en sus cuencas. Una belleza afilada, de mujer alerta mirando el precipicio.

En el colegio empezaron a mirarnos raro. Las compañeras, los profesores. La encargada de los almuerzos nos servía doble ración sin que se lo pidiéramos (porque, claro, jamás se lo habríamos pedido). Todos levantando banderas rojas de alerta. Todos menos nuestros padres que nos veían bajar de talla entre sonrisas.

(Y nos compraban más ropa. Y nos sacaban más fotos).

Todos menos nuestra madre que, sabíamos, nos envidiaba (ella ya de pechos caídos, de blusas holgadas que lo disimularan todo). Nuestra madre no hacía preguntas mientras nos veía desaparecer. Hasta que llegó la carta de la directora, hasta que sugirieron la clínica. Y ella que, bueno, que sí, pero que no supiera nadie. Que todos pensaran que estábamos de vacaciones en Europa.

Un viaje en familia.

Porque familia que viaja unida se mantiene unida.

Ni siquiera en El Centro dejamos de competir. Lográbamos guardar comida a pesar de la vigilancia. Allí éramos Las Hermanas. Y todas nos tenían un poco de envidia. Sobre todo cuando a ti te pusieron el tubo, porque ya no había caso de tratar de alimentarte, porque no entrabas en razón. Tengo fotos de esa época. El tubo junto a tu nariz, como una medalla. Y la enfermera que me obligaba a tomar el desayuno, el psicólogo que se sentaba junto a mí hasta que me terminaba el postre. Y el cuerpo dolía tanto. Y ya no había posibilidad de cortarse, de dejar que ese dolor saliera. Nada. Todo encerrado dentro de mi cuerpo, que ya no quería reducirse más. Solo nos dejaron un par de meses. Todo era carísimo. Como unas vacaciones en un hotel de lujo. Cuando nos visitaban, nuestros padres trataban de no mirarnos mucho. Tal vez porque, si lo hacían, podría llegarles de improviso la culpa.

A ti te sacaron el tubo y ambas volvimos a clase.

Que sea un secreto, nos dijeron. Mejor no digan nada.

Si preguntan que por qué no hay fotos, digan que se nos cayó la cámara al agua cuando fuimos a bucear entre los corales.

Ya se van a aburrir de preguntar.

Por un tiempo intentamos mantener la rutina. Pero mi cuerpo ya no obedecía a la falta de alimento. El tuyo, en cambio, resplandecía.

Esa noche llegaste a casa llorando. Los papás andaban de viaje. Y nuestra abuela nunca hacía demasiadas preguntas. Siempre con el televisor encendido en el noticiario. Siempre experta en la cantidad de asesinatos, violaciones, secuestros.

Pero, cuando salíamos de casa, nos llamaba al teléfono a cada minuto.

Que dónde estábamos, que con quién andábamos. Creía que con sus llamadas podía conjurar ángeles guardianes, evitar que amaneciéramos descuartizadas en un basural.

Y esa noche llegaste a casa llorando. Entre hipos me dijiste que Sergio, que no se habían cuidado, que jamás pensaste, que nunca creíste, que el test, que las rayas azules. Y yo te abracé y sentí con envidia tus brazos huesudos, los pómulos desafiantes debajo de mis dedos que improvisaban una caricia.

Todo va a estar bien, dije.

Aunque lo único que pensaba, realmente, era que aumentarías de peso, que era inevitable, que por fin podría ganarte.

Pero decía: todo va a estar bien.

Va a ser linda como tú.

Las dos intuíamos que sería una niña.

Ahora mamá sienta a Margarita en su silla y pone el plato en la bandeja. Papá le canta canciones mientras se enfría un poco la comida.

Papá dejó de hablarte ese mismo día. Con suerte te miraba. Mamá te gritó de todo. Recibieron con resignación de santos tu expulsión del colegio. Donaron microscopios para el laboratorio y un par de impresoras, para evitar que me echaran también a mí. Ese tiempo viví rodeada de murmullos. Profesores, estudiantes, podía sentirlos a todos murmurando a mi paso.

Las voces nunca te dirigen la palabra. Las voces hablan entre ellas. Tejen redes por sobre tu cabeza.

Te obligaron a comer (hazlo por Margarita, decía siempre el doctor), y tu cuerpo se salió de cauce de ese modo. Luego del control de las calorías, de los gramos de grasa y de azúcar, de las cucharadas calculadas y las visitas urgentes al baño, todo fue un rebalse. Tu cuerpo fue desbordando pantalones; los botones cerraban a penas en tus blusas. Mi cuerpo, en cambio, resplandecía. Me dolía al sentarme y el dolor era un premio.

Yo me entretenía dibujando la silueta de Margarita en tu panza con un marcador. Tú veías la tele comiendo almendras.

Sergio te rondó por un tiempo. Luego se cansó y no volvió más. A ti no te importó. Nuestros padres evitaban hablar de ti frente a sus amigos. Cuando tenían visitas en casa te pedían que te quedaras tranquilita en tu cuarto, sin salir.

Margarita llegó para cambiarlo todo. De pronto, nosotras dejamos de existir. El mundo empezó a girar alrededor de esa criatura de ojos enormes, de sonrisas irresistibles, de carita de catálogo. A ti no te bajó la leche y fue mamá quien se armó de biberones y paciencia. Tú dormías, mirabas a la pared. Parecías haberte vaciado. Pero nuestros padres no te dejaron seguir así por mucho tiempo. Y te inscribieron en cursos intensivos para que recuperaras las clases perdidas y pudieras graduarte, entrar a la universidad. Cada vez más clases, incluso sábados y domingos, y cuando llegabas a casa, mamá te servía la cena y contaba las horas que le dedicabas a las tareas. Tus ojos siempre enmarcados de unas ojeras violáceas.

Te perdiste la primera vez que Margarita dio unos pasos. Y cuando comió su primera cucharada de plátano molido (y no le gustó, e hizo muecas que quedaron grabadas en un videíto que nos obligaron a ver por semanas).

Su primera palabra fue No.

A veces intentabas pasar tiempo con ella, pero la respuesta de mamá era siempre la misma: te ves tan cansada, hija, deja que yo me encargue.

Pero hay que cortarle el pelo.

Deja que yo me encargue.

Pero necesita un pijama nuevo.

Deja que yo me encargue.

Pero hay que inscribirla en un jardín infantil.

Deja que yo me encargue.

Los tíos se olvidaron de la historia, felices de hacerle gracias a Margarita.

Y la llenaban de golosinas y regalos.

Golosinas que ahora tú te comías.

Yo dejé de pasar hambre. De todas formas, nadie me prestaría atención.

A veces, de pura nostalgia, me hacía algún corte pequeñito en el muslo con una afeitadora. Sentía el pinchazo, la adrenalina, la carne dando paso a la sangre. Y luego esas cicatrices, esas líneas blancas como fantasmas.

Tú estabas siempre cansada.

Margarita me decía Tía, con una I que se estiraba en el aire. Tíiiiiiiia.

Tíiiiiiiiia.

Y a veces mamá me dejaba pasar tiempo con ella.

Poco. Pero lo suficiente para que me dijera Tíiiiiiiiiia.

En la universidad empezaste a sacar buenas notas. Sonreías más. Margarita te buscaba a veces para que le leyeras cuentos. Y empezó a correr a tu cama cada vez que tenía pesadillas. Mamá intentaba convencerla de que no te molestara. Que tenías que estudiar. Que ella podía llevarla a los juegos de la plaza, que por qué no iban al *mall* a comprar un vestido nuevo.

Y un día, con Margarita ya dormida, te hicieron la oferta. Que por qué no te ibas de intercambio un año. A Inglaterra. Como siempre habías soñado. Que ellos te pagaban todo. Que sería una oportunidad increíble. Que así quedarías hablando inglés a la perfección y luego podrías obtener el trabajo que quisieras, con un sueldo soñado. Que no te preocuparas de nada, que ellos cuidarían de Margarita, que un año se pasa rápido.

Les creíste.

Han pasado seis meses. Cada vez que llamas por Skype, te dicen que Margarita está durmiendo, o en la casa de una amiga. Cuando insistes mucho, te dejan verla por pocos minutos. No quieres que le dé pena, ¿o sí? Ya queda poco, ya queda menos. A veces le leo cuentos por las noches y Margarita mira a todas partes como desorientada.

Papá le regala todo lo que quiere.

Mamá juega con ella hasta caer rendida.

Ahora papá toma la cuchara y Margarita grita: avióooooon.

Ahora todos sonríen.

Ahora él dice, como si nada: una por la mamá.

PRODUCCIONES NOVA LIBIDO PRESENTA...

Diego Luis Sanromán

*Wouldn't it be booful if we should juth run together into one
gweat big blob.*
WILLIAM S. BURROUGHS

*Look, kid, we're not talking about sex here. This is
pornography.*
SAM MARTINS

I

El hígado, sí. Me palpo ahí, justo debajo de las costillas, y
noto que hay algo duro, endurecido, algo que no debería
estar. No duele, es cierto. Es más bien como una molestia
diminuta pero persistente. Uno no tendría que ser
consciente de la existencia de sus propias vísceras, me
digo. Puede que también yo esté mutando. Un contagio.
Quién sabe. Algo.

Me quedo observándolo y me enciendo otro
Munkás con el ascua del que estaba fumando, ya casi
consumido. Lo observo y él me observa y después
desvía la mirada. Es tímido, se rasca el cuero cabelludo,
se alborota el pelo rubio, corto. Le invito a cigarrillos
y él menea la cabeza. No fuma, tampoco bebe. Es un

muchachote sano, eso se ve a simple vista. Me digo que también yo debería dejar de fumar. Lo del hígado tal vez sea culpa del tabaco, si es que es cosa del hígado. En fin. El chico me recuerda a un carnero al que hubieran esquilado e hinchado con anabolizantes. Esa mirada huidiza y ovina: es un carnero vigoréxico y mutante de casi dos metros de altura.

Aunque quizá no sea más que deformación profesional por mi parte.

Abandono mi posición detrás del escritorio y comienzo a pasearme a lo largo y ancho de la oficina. Es lo que llamamos la Pecera. Afuera, del otro lado de la puerta que queda a la espalda de mi visitante, está el Hangar, el lugar en el que se realizan todos los rodajes. Suelto una hebra de humo por la nariz, el resto me lo trago. El muchacho parece cada vez más azorado. Se apresa las manotas bajo los muslos para evitar rascarse la cabeza, pero no hay manera. Sigue dale que dale. Para escapar a mi escrutinio vuelve la cara hacia el otro lado y finge interesarse por el contenido de las vitrinas que tiene a su derecha.

Sobre una repisa, hay algunos premios Max Renn a la mejor producción del año. *La tentación del tentáculo, Visceral Intruders, Las aventuras de Arachnid Khayam III, Despellejados, Vulva Booba 2000*, entre otras. Claro que los Grottesco Adult Film Awards tienen trampa. Detrás de la organización que los patrocina se encuentra en realidad nuestra productora, Nova Libido Productions, y los criterios de participación son tan estrictos, tan exigentes las condiciones que han de cumplir las películas, que apenas tenemos competidores. Literalmente, somos únicos en nuestro género.

Tomo del escritorio la vieja Beaulieu 4008 ZM II, una preciosidad fabricada hace casi cuatro décadas, me la coloco junto a la cadera y hago como si desenfundase un arma. Mi chico-carnero da un respingo y después me ofrece una sonrisa bobalicona. Se rasca la cabeza, posa, de nuevo se rasca la cabeza. Yo doy vueltas a su alrededor, apuntándole con el objetivo, aunque la cámara no tiene película. Adoro esta reliquia. Dame esa mirada, así, eso es, voy a hacer de ti una estrella. La última estrella del *hardcore* internacional, ¿sabes? La definitiva. Desde Csepel para el mundo.

—¿Edad?

—Veintidós.

—¿Y qué puedes ofrecernos? Aparentemente…

El chico se levanta y se baja los pantalones. No lleva calzoncillos.

—Treinta y cuatro centímetros.

Me inclino para analizar con más detalle lo que me ofrece. Tiene una polla del tamaño de mi antebrazo y unas pelotas inusualmente voluminosas, semejantes a dos aguacates recubiertos por una tenue pelusilla albina, pero nada que no se haya visto antes. Toco el meato con la uña del índice, le sopeso los huevos como el mejicano de aquel viejo chiste. Son macizos, pesados, sin aparentes malformaciones. El chico responde a mis toqueteos, ronronea un poco. Cuando vuelvo a alzarme, veo que se ha sonrojado, que evita mi mirada, que se rasca la cabeza una vez más.

—¿Y bien?

El chico encoge los hombros.

—Me temo que no te han informado bien sobre la naturaleza de nuestra empresa.

Puedo oír el rasguñar de las uñas contra la cúpula de su cráneo. La piedra en mi hígado que ruge.

—Carcinoma hepatocelular. Cuerno de rinoceronte.

—¿Qué?

—No, nada… ¿Serías capaz de hacer eso delante de

una cámara? Quiero decir, un largometraje…

II

No hay decorados ni guion, ni siquiera una cama. Hemos llevado el cine para adultos al grado supremo de depuración zen. Alguien dijo en una revista especializada que Nova Libido había hecho con el porno lo mismo que las vanguardias artísticas habían hecho con las artes plásticas a comienzos del siglo pasado. Citaban el caso de un tal Duchand, un tipo que había expuesto un urinario como si se tratase de una pieza de museo. Después de nosotros ya nada volvería a ser igual, decían. No sé, la cosa me hizo gracia y se me quedó en la cabeza. Nada, pues. Solo dos actores sobre el suelo de hormigón del Hangar, bajo los ojos encendidos de un par de focos Flash Fly. Son esa desnudez, el gris industrial, el tono falsamente pro-amateur los que en realidad hacen de nuestro estilo un estilo inimitable.

—Trae un par de calefactores más —le digo a Nándor, nuestro ayudante de producción—. Y ten listo el foco-s para los primerísimos primeros planos, ¿O.K.?

—Claro, jefe. Siempre a tus órdenes.

Béla y Zoltán hacen los últimos ajustes a sus DVCPRO nuevas de alta definición, mientras Reka, la maquilladora, pasa un disco de algodón por los pómulos de Ponyboy. Siento cómo mi piedra hepática se hincha y me presiona las costillas. Cherry, envuelta en un sucinto batín de satén rojo, me sonríe desde lo alto de sus chinelas de tacón de aguja y luego alza un pulgar en señal de aprobación. Todo va bien. El batín y las chinelas son una concesión al viejo estilo, o incluso al porno de los setenta. Un guiño al *connaisseur* a fin de intensificar la emoción de la sorpresa cuando sus expectativas se vean por fin traicionadas.

Ponyboy y Cherry. Aún recuerdo el día en que entraron por primera vez en la Pecera. Robert, que nos puso en contacto, se había negado a adelantarme cualquier información sobre el talento y las virtudes que adornaban a la pareja. Sobre «sus peculiaridades», por utilizar sus propias palabras. «Prefiero que las descubras por ti mismo», había añadido. Robert es un *porn talent agent* a la antigua usanza, uno de los mejores del Viejo Continente, pero en ocasiones —y en honor a una amistad que dura ya un par de décadas— me hace llegar a algunos aspirantes que, en su opinión, podrían responder a los rigurosos patrones de Nova Libido Productions. En cierto modo, nos nutrimos de los desechos de la industria.

Cherry y Ponyboy eran un solo cuerpo con dos cabezas y cuatro piernas, cubierto por un amplio gabán de tela de gabardina que les llegaba casi hasta los dos pares de pies. Irrumpieron en la oficina con las mejillas juntas y las manos entrelazadas, como si bailaran un tango. En un principio los tomé por dos simples siameses, algo más corriente en este negocio de lo que se pueda pensar. Sin embargo, me llamó la atención la diferencia de sexo.

—Disculpad mi ignorancia, pero no sabía que existieran siameses de sexo distinto.

—Y no existen. Somos una pura ilusión.

—Ya.

Se presentaron como los B-Twins, y el nombre me gustó. Era un juego de palabras que podía funcionar muy bien en los títulos de posibles producciones futuras.

—La B, por cierto, es de Browning. Los gemelos Browning.

Se fueron despojando del gabán con un breve número de cabaret. Cherry marcaba el ritmo con el tacón de uno de sus zapatos acharolados, mientras Ponyboy imitaba el sonido de un chaston chasqueando la lengua contra los dientes. Al final uno se hicieron dos.

—Unos siameses al uso son algo demasiado trillado. Aunque lo fuimos en otro tiempo, ¿sabes, *boss*?

Reka me indica ahora que Ponyboy ya está listo para

rodar, Cherry asiente y me sonríe. Todo va bien. Incluso la piedra de mis entrañas guarda silencio por un instante. Hago una señal con la cabeza y todo el mundo sabe que el espectáculo ha comenzado. Cámara, luces, acción y todo lo demás. Nándor pone la música elegida. Los B-Twins prefieren actuar con música. Esta vez es un tema titulado *Dark Night of the Soul*, de los Kilimanjaro Darkjazz Ensemble. Una pieza de blues suave, lento y nocturno que además tiene la duración necesaria para que nuestras estrellas puedan ponerse en situación. No obstante, antes de empezar, le he sugerido a Nándor que lo deje sonar en bucle hasta que todo haya concluido.

Así que Cherry se acerca a Ponyboy siguiendo la cadencia de la música, entrelazando la percusión de sus tacones con las notas de la trompeta en sordina, la evolución monótona del bajo. Le pone la mano derecha sobre la clavícula y va deslizándose alrededor del cuerpo del hombre hasta dar la vuelta completa. Después se para frente a él, se agazapa contra su pecho y empieza a desabotonarle la camisa. Ella misma se desabrocha el batín y pega su torso contra el torso de él. Gimen. Con un gesto de la mano, le ordeno a Zoltán que acerque la cámara todo lo que sea posible. El foco-s ya debería estar ahí, y está.

Ponyboy nos muestra esa herida que le llega desde la tráquea hasta el pubis. Palpita, supura. Mientras su *partenaire* le recorre la brecha de arriba abajo con la punta de la lengua, Ponyboy echa la cabeza hacia atrás, tensa los músculos del cuello. Gime, se entrega a ella. Cherry se alza y le lanza una mirada encendida a los ojos y dice «te amo». En el porno nadie dice «te amo», pero aquí sí. Los B-Twins sí, y lo dicen en serio. Reka, a mi izquierda, deja escapar una lágrima. Béla, colega, ponte del otro lado, frente a Zoltán, no quiero que se pierda un solo detalle. Es un gesto casi imperceptible con la cabeza, pero Béla sabe bien lo que tiene que hacer.

Luego es Cherry la que se ofrece a Ponyboy, y Ponyboy le recorre su herida gemela con el extremo del índice y después la cubre con un ribete de saliva, y la saliva lanza destellos de piedra preciosa bajo la ruda luz del foco-s. Joder, joder, joder. Nos tienen hipnotizados por completo, pero aquí todos somos profesionales y podemos trabajar de manera eficaz incluso bajo el hechizo de los B-Twins. Los extraordinarios, los fabulosos B-Twins, que ahora se funden para recuperar su unidad primigenia, y entonces todo el Hangar se llena con el sonido del beso viscoso de las dos heridas, que son como los labios de una boca o de una vagina enorme.

Poco a poco descomponen el beso y se ofrecen a las cámaras como quien se entrega a la piedra sacrificial. Ahora todo es un arabesco de entresijos entretejidos. El color violáceo de los hígados, las circunvoluciones grises de los intestinos delgados, los tonos pardos de los intestinos gruesos, él enredado para siempre con ella y al revés. Los dos corazones que palpitan como lucecitas de Navidad. Ponyboy y Cherry, Cherry y Ponyboy: Cherryboy. E imagino que son seres que se alimentan de sus propias vísceras. Que no necesitan nada ni a nadie más. Que copulan a través de esa herida que les abre el torso de un extremo al otro y que sus órganos se reproducen por medio de la fusión con otros cuerpos. Imagino una plaga universal, un mundo poblado por seres como Cherry y Ponyboy. Sí.

III

—Hace como unos diez años. Antes había hecho un poco de todo en la industria. *Fluffer* en una productora especializada en enanos y bestialismo. Operador de cámara.

Porn talent agent en Burbank. Guionista: sepa que era capaz de escribir media docena de guiones a la semana. Un poco de todo. Así que conozco el oficio desde todas las perspectivas.

—Ya veo.

—Eso me permitió hacer algo de dinero y volver a casa. Montármelo por mi cuenta, ya sabe.

—¿Y como actor?

—No, nunca.

—¿Porque no da la talla?

—No, la talla no es el problema. Pese a lo que pueda parecer, en este negocio hay hueco para todos los tamaños y colores, formas y deformaciones. Pero es un trabajo muy duro, demasiado exigente. De cinco a doce horas con la polla tiesa para rodar algunos planos de unos pocos minutos, o incluso segundos. Tom Byron era un superhéroe, un hombre de acero. Pero honestamente, no es lo mío.

Vuelvo a llenarle el vaso de tokay. Yo apuro mi dedal de nalewka y me enciendo otro Munkás. Ella hace un gesto de rechazo con la mano cuando le acerco el paquete de cigarrillos. Tiene el pelo de un rubio tostado, es menuda pero con buen cuerpo, con cierto aire oriental. De Europa oriental, quiero decir. En América podría ser una estrella.

—¿Y usted? ¿Nunca se le ha pasado por la cabeza?

—¡Yo! ¡No, qué ideas, qué locura!

—Tengo entendido que el periodismo cada vez está peor pagado. La precariedad, el amateurismo, la digitalización… Todo eso.

Estamos en medio del Hangar vacío, en el centro de un círculo formado por media docena de focos apagados. Un par de cámaras digitales, también apagadas, nos acechan desde sus trípodes como un par de cíclopes ciegos. Ella ha colocado una pequeña grabadora digital sobre la mesita baja que nos separa al uno del otro. Se moja los labios con el vino.

—Es una Olympus VN-741, ¿no? Me gustan esos cacharritos.

—Sí, pero si no le importa sería mejor que siguiéramos con la entrevista, y que sea yo quien haga las preguntas.

—Eso no es una entrevista, sino un interrogatorio.

—Como quiera. Un interrogatorio, pues.

—De acuerdo.

—Tengo curiosidad... ¿Nova Libido es el futuro del porno?

—El porno no tiene futuro, el porno está muerto. Al menos, el porno tal como se ha entendido hasta ahora. Vivimos en una civilización cansada, senil. Ya nada nos sorprende ni nos excita. Necesitamos estímulos cada vez más fuertes para obtener una respuesta cada vez más pobre. No sé, hazañas como las de Annabel Chong ya no le causan sensación a nadie. Son tan aburridas e insustanciales como una fiesta de graduación en un colegio mayor canadiense.

—Algunos se refieren a usted como el «Mark Spiegler europeo», el Spiegler del porno bizarro...

—Siguiente pregunta.

—Según mis datos [pasa las hojas llenas de garabatos de su pequeño moleskine de tapas rojas], en los Estados Unidos se produce una película porno cada treinta y nueve minutos, y el número de adictos a la pornografía en red no deja de crecer...

—Yo lo interpreto más bien como un síntoma de decadencia.

—Hay quienes consideran que sus producciones

podrían incluirse dentro de la categoría de la horrótica…

—¿Horrótica? ¡Joder, no! Es precisamente lo que le decía. Nos flaquea la imaginación. Los críticos recurren a etiquetas gastadas para tratar de controlar lo que les descoloca, lo que les amenaza. Nuestro objetivo es construir una nueva sensibilidad, reavivar el deseo dormido.

—¿Una nueva sensibilidad? ¿No es eso algo pretencioso?

—Puede ser. Es que no estoy acostumbrado a las entrevistas.

Echo la cabeza hacia atrás y dejo escapar despacio el humo hacia la claraboya que tenemos encima y que nos ilumina. Volutas de luz gris, noto la presencia de la piedra en el hígado. Me paso la mano por el abdomen y sonrío a mi interrogadora.

—¿Busca escandalizar?

—No.

—¿Asquear al espectador?

—¡Coño, no! Solo nos mueve el amor. ¿A usted la escandalizo, le doy asco?

—No, usted personalmente no, pero sí algunas de sus películas.

—Entiendo. ¿Cuáles?

—Las que he visto.

—Lo comprendo. Creo que nuestras producciones están hechas para un espectador adiestrado, disciplinado en la nueva sensibilidad. Que sea capaz de convertir en una fuente de goce lo que antes le repugnaba o le causaba pavor.

—Me suena a Sade. Nada nuevo, en realidad.

—Ni idea. Usted es la que tiene formación universitaria. Yo solo soy un tío que hasta hace poco se dedicaba a pajear a enanos y pastores afganos.

Engullo otro nalewka, hago un relevo de cigarrillos. Estoy empezando a emborracharme y a ponerme nervioso.

—He intentado contactar con algunos de los protagonistas de sus películas, pero todos rehúsan entrevistarse conmigo.

—Es natural. No deben de sentirse cómodos exhibiéndose.

—¡Pero cómo, si no hacen otra cosa que exhibirse! ¡Y además de la forma más obscena!

—Disculpe, querida, pero creo que no hay forma más obscena de exhibicionismo que una entrevista periodística. Nuestros actores son auténticos artistas. Consideran que su obra habla por sí misma. Todo lo demás es palabrería inútil.

—¿Y usted?

—Yo estoy viejo, cansado y un poco borracho. Y además me duele aquí. Mire, toque.

Reka se acerca con un sigilo de apache desde el fondo del Hangar, atraviesa el cerco de focos apagados y me susurra al oído: «Ya han llegado los chicos. Lo tienen amarrado en la trasera del camión». Vale, de acuerdo, enterado. Ella se despide dándome un mordisquito en el lóbulo de la oreja.

—Perdone que no las haya presentado. Es Reka, la maquilladora, otra pieza fundamental en el engranaje de Nova Libido.

—Ajá. Me estaba preguntando... ¿De dónde salen sus proyectos? ¿De dónde vienen las ideas?

—Yo no tengo ideas. Recibo señales. Soy un sismógrafo.

—¿Cómo? No comprendo...

IV

—¿Has leído la prensa de hoy?

—No, ¿por qué? ¿Ya ha salido nuestra entrevista?

—¿Qué entrevista? No. Echa un vistazo.

Nándor arroja sobre el escritorio un ejemplar de la última edición del *Új Blikk*, dice «página trece» y después hace mutis por la puerta de la Pecera. Me entretengo un rato recorriendo las noticias de la primera página, pero todo es tan-lo-de-siempre que mis ojos se deslizan sobre la superficie sin lograr penetrar en el sentido de las letras impresas. Un total tedio. Conque prendo un Munkás y voy en busca de aquello que ha llamado la atención del bueno de Nándor. Página trece.

En la esquina superior derecha hay una fotografía en blanco y negro y en muy baja definición que muestra algo difícil de determinar, un ser de naturaleza ambigua e identidad difusa. Vegetal o animal, no queda claro. Tal vez sea una planta extraña con textura de carne. Bulbosa, inflamada, el resultado de una revolución celular. La anarquía histológica en toda su exuberante belleza. Hay un hueco, un cráter rodeado de pústulas, como si esa cosa hubiese crecido desde el interior, reventando el envoltorio externo y extendiendo su podredumbre por el mundo circundante. Soy un animal visual, así que aún tardo un rato en fijarme en el pie de foto. Dice: «Así quedaban los órganos sexuales de sus víctimas».

El titular reza: «El horrible secreto de Óriáspók», y justo debajo puede leerse: «Un granero abandonado en las afueras de Hollókö albergaba el espeluznante laboratorio del Asesino del Semen Venenoso». El artículo comienza con una descripción del lugar, algo que en efecto era una extraña mezcla de granero, invernadero y laboratorio un tanto rústico y precario. «Hay largas mesas ocupando todo el espacio —continúa el articulista—, media docena de pasillos y otras tantas hileras de mesas como dispuestas para una boda de fantasmas. Y en las mesas, decenas y decenas de urnas de metacrilato; y en las urnas, esas telarañas que son como un desbarajuste enloquecido de algodón de azúcar, y también centenares y centenares de huevos de una araña cuyo nombre científico es *Loxosceles laeta*, según han señalado los expertos contactados por la policía para la ocasión».

Entonces me doy cuenta de por qué Nándor estaba interesado en que leyera esta noticia en particular y cuál ha sido la asociación de ideas que se ha producido en su cabeza. La misma que ahora ocupa la mía, y pienso que debe de ser esto eso que llaman comunicación telepática. Rescato el Apple iPad Pro del bolsillo de mi americana, que cuelga del respaldo del sillón en el que estoy sentado, y busco el número de Bud Scorpio en el listín telefónico. Pulso el botón de llamada: el teléfono al que estoy llamando ya no existe. Mi piedra hepática funciona ahora como una especie de señal de alarma.

Enciendo otro cigarrillo y vuelvo al artículo del *Új Blikk*. Según los expertos contactados por la policía, si bien los ejemplares encontrados en la granja de Óriáspók podían ser reconocidos como pertenecientes al género *Loxosceles laeta*, en realidad se trata del resultado de un perversa obra de manipulación genética. Individuos que habrían mutado hasta quintuplicar su tamaño y cuyo veneno sería veinte veces más letal que el de las arañas normales. Lo de la «granja» del titular es pues algo más que una simple metáfora para evocar un escenario bucólico. Lo cierto es que el granero de Hollókö era una granja que producía leche emponzoñada. Jugo de araña mutante.

Bud Scorpio y los sueños húmedos de Inanna fue una de nuestras primeras producciones. Ahora el título se me antoja un poco enrevesado y cargado de una pedantería innecesaria, pero lo cierto es que fue una de las películas que nos abrió un hueco en el mercado del cine para adultos. Un nicho exclusivo y hecho a nuestra sola medida. Bud Scorpio era un tipo espigado, siempre vestido de negro, siempre con un Pannónia entre los dientes. Muy atractivo, pero tan delgado que a veces hacía daño mirarlo. «Algunos también me llaman el Hombre Insecto.» Se había presentado así, sin mediaciones, respondía con su palabra de honor de que no quedaríamos defraudados. Nova Libido Productions era su lugar, su destino natural, decía.

—De acuerdo, Hombre Insecto, como digas. Pero ¿qué te parece si antes hacemos una prueba sin cámaras? Solo para asegurarnos.

El artículo del periódico recoge a continuación el testimonio de uno de los forenses que están siguiendo el caso. Al parecer, de alguna manera aún por determinar, Óriáspók había conseguido inmunizarse contra el veneno de sus criaturas y, con algo semejante a una cánula de inseminación intrauterina convenientemente modificada, se inyectaba la leche de las arañas mutantes en su propia vesícula seminal. Un psicólogo clínico de apellido germánico afirma que el Asesino del Semen Envenenado debe de ser un tipo atractivo y seductor, pues las víctimas parecían haberse rendido sin violencia alguna a sus encantos. Cuando querían darse cuenta, ya era demasiado tarde para escapar de la red y de los aguijonazos mortales de la bestia. Los efectos finales pueden verse en la fotografía del margen superior derecho.

Bud Scorpio vino al día siguiente con su propia *partenaire*, una especie de Aletta Ocean de pelo rubio y mirada narcotizada. De lo más vulgar. Pusieron en marcha el ritual de preliminares acostumbrado. Mamada, cunnilingus, alguna bofetada suave para ponerle su puntito de sal sadomaso a la actuación. Lo que se dice una auténtica invitación al bostezo. Por si fuera poco y para rematar, ella se tumbó de espaldas sobre el suelo desnudo del Hangar y se dejó penetrar por el Hombre Insecto en un lento y aburrido misionero. Yo contemplaba como las agujas se deslizaban cansinamente sobre la esfera de mi Senator nuevo e iba enhebrando un cigarrillo con otro. Tras lo que me pareció una eternidad, Scorpio empezó a acelerar el ritmo de sus embestidas y al final se corrió con un berrido metálico. De insecto raro.

Solo que el tipo en realidad no estaba eyaculando: estaba DESOVANDO dentro de ella. Lo juro. Cuando Bud Scorpio se retiró, no era semen lo que goteaba de su polla, sino unos diminutos granitos de color perla, semejantes a huevos de polilla. Apenas un minuto después los huevos empezaron a eclosionar y un centenar de arañitas traslúcidas comenzaron a salir del coño de nuestra Aletta Ocean de imitación, que se retorcía en el suelo entre espasmos de placer. Los contraté a ambos de inmediato, y al día siguiente comenzábamos la grabación de *Bud Scorpio y los sueños húmedos de Inanna*.

Por lo que yo sé, no había nada de tóxico en la lefa de Scorpio. Solo eso: bichitos diminutos que correteaban por todos lados y que conseguían que una mujer se corriera como no lo había hecho nunca antes. Pero por alguna razón no puedo dejar de asociar al Hombre Insecto con el Óriáspók de la noticia en el *Új Blikk*, y supongo que a Nándor le ha ocurrido lo mismo. Tal vez Bud Scorpio y el Asesino del Semen Venenoso sean una y la misma persona. O tal vez no sean en realidad más que la versión luminosa y la versión oscura de una misma entidad, como el superhéroe y el ultravillano en un tebeo de la Marvel. No sé.

V

Miles de millones de ojos hambrientos: una mano en la polla, la otra sobre el ratón del pecé: tu fantasía a un solo clic y la rueda del ratón que es como un clítoris erecto pero seco: dócil y hostil, un clítoris de plástico: un *clictoris* tallo cerebral-mano-saco escrotal-cable de ratón-Red Global: todos esos ojos voraces y todos esos rabos en erección: toneladas de semen, la conexión perfecta: toneladas y toneladas de lefa cubriendo la superficie terrestre como el último Diluvio Universal: el definitivo. Ya está. Se acabó.

El cálculo hepático me despierta de mis ensoñaciones apocalípticas. Hay momentos en los que tengo la sensación de que lucha por abrirse paso a través del tórax, colarse en el conducto de la tráquea y escapárseme por la boca. Algún día me atravesará los dientes como un gusano de piedra, me digo. Es eso, pero también Nándor que viene a buscarme hasta la puerta del Hangar, donde estoy fumando el enésimo cigarrillo, y me dice:

—Jefe, cuando gustes. Todo está preparado.

—Voy.

Reka sustituye hoy a Zoltán detrás de una de las

cámaras. Este negocio es así: todos hacemos de todo cuando se nos necesita. En la otra, como es habitual, está nuestro fiel Béla. Siempre se puede contar con él. A Bubble Bobby Blob lo tienen en el centro de un pentagrama de focos Flash Fly como si fuéramos a sacrificarlo en algún rito pagano o a cocinarlo a fuego lento al calor de la luz artificial. Intento localizar algo que pueda identificar como un rostro, unos ojos que me devuelvan una mirada de conformidad, pero nada. Bubble Bobby Blob de momento es solo una masa informe, un enorme pastel de carne que espera la orden de «acción, se rueda.» Y entonces digo: «acción, grabamos» y Zoltán y Reka flexionan las rodillas y empiezan a girar en torno a los focos como dos púgiles tuertos.

Bubble Bobby Blob es nuestra «gran estrella proteica». Lo dijo otra revista especializada: proteica, y yo tuve que ir a buscar la palabra al diccionario. Nándor, trae mi silla, y Nándor obedece y despliega para mí una silla de tijera con el asiento raído y en cuyo respaldo puede leerse: «Cecil B. DeMille», y yo me siento, sujetándome el hígado por la base para que la piedra se ajuste a la posición sedente. Si algo bueno tiene trabajar con Bubble Bobby Blob, es que apenas necesita que lo dirijan. Solo hay que sentarse a esperar a que toda esa montonera de mollas cobre vida. A que entre en ebullición.

Y enseguida se obra el milagro. En principio es solo un burbujeo cutáneo apenas perceptible. Pequeñas ampollas que brotan en la superficie y tiemblan. Se agitan, se desplazan a través de toda esa montaña de carne, aparecen y desaparecen de forma intermitente. Se hinchan, estallan y vuelven a formarse. Aquí y allá surgen pliegues, grietas en la carne tumefacta que se abren y se cierran como bocas que reclamasen su alimento. En algunos puntos afloran pompas de pellejo irisado que poco después revientan y lo salpican todo. Así que Nándor tiene que estar muy atento, con su paquete de pañuelitos Oplà a mano, para limpiar el objetivo de las cámaras cuando la aspersión de Bubble Bobby Blob las alcanza.

Al rato todo el conjunto se retuerce, se contorsiona hasta que comienzan a manifestarse formas reconocibles en el magma. Dos cabezas ciegas cuyas bocas parecen gemir de placer o de horror, los cuellos enroscados en dos espirales gemelas. Una gigantesca vagina calva, de cuyo interior surge la testa de un gusano anillado, o tal vez de una serpiente. De repente, la cabeza del gusano-serpiente eclosiona y deja emerger una especie de cardo de pétalos sonrosados. Joder, joder, joder. Pero el gusano, la serpiente, pueden ser también una seta, un girasol, una gruesa polla sin prepucio, sin meato, también ciega. Veo que Reka deja de grabar por un instante para secarse el sudor de la frente y del belfo y luego continúa. Lo fascinante de Bubble Bobby Blob es que cada espectador ve en sus mutaciones lo que en realidad desea ver. Nos lo han dicho a menudo: Bubble Bobby Blob es una pantalla de carne sobre la que cada cual derrama su propio veneno.

Prendo otro Munkás, me recuesto en mi silla de director de superproducciones bíblicas, expulso el humo hacia el techo del Hangar y durante unos segundos me quedo contemplando cómo también las volutas grises van adquiriendo la forma que les impone mi fantasía. Proteicas: la terrible belleza de lo informe, digamos. Después cierro los ojos e imagino que la montaña cárnica de Bubble Bobby Blob va inflándose como un pastel pasado de levadura hasta llenar todo el espacio con toda su pulpa tumefacta, aplastándonos, engulléndonos a todos en su expansión celular incontrolable. Le doy otra calada al cigarrillo y pienso que sería un buen final para clausurar la saga de películas del gran Bubble Bobby Blob. Un broche fulgurante para poner fin a la aventura de la Nova Libido.

VI

Hemos rebautizado a mi chico-carnero con el nombre artístico provisional de Stoned Laurel. Ha sido cosa de Reka, que es la que tiene más ingenio e inventiva para este tipo de cuestiones. Pues bien, Stoned Laurel y yo llevamos alrededor de media hora sentados el uno frente al otro. Solo una de las DVCPRO entre ambos, nada ni nadie más en el Hangar. Tres ojos en representación de los miles de millones de ojos caníbales que asistirán mañana al espectáculo. La sangre resbala por la frente de mi nueva estrella, le cubre los ojos, las mejillas, le empapa el cuello y el pecho de la camiseta, hasta llegar justo ahí donde puede leerse: «*I'm looking for a porn star.*» Un jirón de cuero cabelludo le cae sobre el arco de la nariz. Hace ya unos minutos que las uñas han alcanzado el hueso del cráneo, pero Stoned Laurel no para. Sigue dale que dale. A mí, parece que el guijarro que tengo atravesado en el hígado ha decidido darme una tregua.

DOCE ORGANISMOS Y UN ANTÓLOGO

LOS ORGANISMOS

Gabriela A. Arciniegas (Colombia, 1975) es escritora y traductora. Ha publicado los poemarios *Sol menguante* (1995), *Awaré* (Premio Ediciones Embalaje, 2009), *Lecciones de vuelo* (2016), la novela *Rojo sombra* (2013) y los libros de cuentos *13 relatos infernales* (2015, en coautoría con Esteban Cruz Niño y Álvaro Vanegas) y *Bestias* (2015).

Aldo Medinaceli (Bolivia, 1982) es narrador, editor y autor de los libros de relatos *Sangre voyeur* (2013) y *Asma* (2015). Ha sido director del suplemento literario "Fondo Negro", del diario *La Prensa*, y obtuvo el reconocimiento al mejor proyecto editorial Morata–SIALE 2011 (Madrid).

Izaskun Gracia Quintana (España, 1977) es escritora y editora, autora de los poemarios *Fuegos fatuos* (2003), *Eleak eta beleak* (XVII Premio de Poesía Ernestina de Champourcín, 2007), *Saco de humos* (XIX Premio de Poesía Villa de Aranda, 2010) y *Ártica/artikoa* (2012), así como del libro de cuentos *Crónicas del encierro* (2016).

Natalia Mardero (Uruguay, 1975) ha publicado los libros *Posmonauta* (2001; Premio Municipal de Narrativa 1998 y Premio Revelación Feria del Libro de Montevideo 2001), *Guía para un Universo* (2004), *Gato en el ropero y otros haikus* (2012) y *Cordón SOHO* (2014). Su obra ha sido incluida en compilaciones como *El descontento y la promesa* (2008), *Esto no es una antología* (2008) y *22 mujeres* (2012).

Salvador Biedma (Argentina, 1979) es autor de la novela *Además, el tiempo* (2013) y del poemario *Quizá fuera volviendo* (2017). Junto a Alejandro Larré, dirigió las revistas de literatura *Las malas palabras* y *Mil mamuts*. En el año 2015 abrió en Buenos Aires la librería Colastiné Libros. Además de librero, es periodista y escribe con regularidad en el suplemento "Radar" del diario *Página 12*.

Marcela Ribadeneira (Ecuador, 1982) estudió dirección cinematográfica en la Scuola Internazionale di Cinema e Televisione (NUCT), en Roma, y es autora de los libros de relatos *Matrioskas* (2014), *Borrador final* (2016) y *Golems* (2018). Su obra ha sido incluida en antologías como *Ciudad mínima II* (2012), *Ecuador cuenta* (2014), *GPS, antología de cuentistas ecuatorianos* (2014) y *La invención de la realidad* (2014).

Jennifer Thorndike (Perú, 1983) ha publicado los libros de cuentos *Cromosoma Z* (2007), *Antifaces* (2015) y las novelas *Ella* (2012) y *Esa muerte existe* (2016). También ha integrado antologías como *Voces para Lilith* (2011), *Cupido en su laberinto, cuentos de (des)amor* (2013), *Voces 30* (2014) y *Estados hispanos de América* (2016).

Raquel Castro (México, 1976) es narradora, guionista y promotora cultural. En 2012 obtuvo el Premio de Literatura Juvenil Gran Angular. Además de haber participado en diversas antologías, es autora de las novelas *Ojos llenos de sombra* (2012), *Lejos de casa* (2013), *Dark Doll* (2014) y del conjunto de cuentos *¡Pirañas del mundo, uníos!* (2015). Sitio web: www.raxxie.com

Rodrigo Fuentes (Guatemala, 1984) es escritor y traductor. Ha publicado el conjunto de relatos *Trucha panza arriba* (2017) y ha participado en distintas antologías nacionales e internacionales, entre ellas *Asamblea portátil. Muestrario de narradores iberoamericanos* (2009), *Sólo cuento III* (2011) y *Ni hermosa ni maldita* (2012). Es cofundador y editor de las revistas *Suelta* y *Traviesa*.

Carlos Fonseca (Costa Rica, 1987) nació en San José y se crió en Puerto Rico. Es autor de las novelas *Coronel Lágrimas* (2015) y *Museo animal* (2017). Ha colaborado con publicaciones como *Letras Libres, Quimera* y *Otra parte*, entre otras revistas. También fue fundador del colectivo de reseñas *El Roommate*.

María José Navia (Chile, 1982) es autora de la novela *SANT* (2010) y de los libros de cuentos *Las variaciones Dorothy* (2013) e *Instrucciones para ser feliz* (2015). Su trabajo ha sido recopilado en antologías como *Lenguas* (2005), *Junta de vecinas* (2011) y .*CL Fronteras de Chile* (2012), entre otras.

Diego Luis Sanromán (España, 1970) es escritor y traductor. Su producción reciente incluye la novela *Kwass o el arte combinatoria* (2015), el libro de relatos *Ladran los hombres* (2017) e *Informe verídico sobre las últimas oportunidades de salvar el capitalismo en Italia* (2016, prólogo y traducción). Parte de su obra ha sido incluida en antologías de relatos y ensayos como *Extraño Oeste* (2015) y *Twin Peaks: 25 años después, todavía se escucha música en el aire* (2016). Blog: amputaciones. blogspot.com

EL ANTÓLOGO

Salvador Luis Raggio Miranda (Perú, 1978) es narrador, editor y crítico cultural. Estudió dirección de cine y literatura y se doctoró en estética y cultura hispánicas (Universidad de Miami). Es autor, entre otros libros, de las *nouvelles Zeppelin* (2009) y *Prontuario de los pies y de los zapatos* (2012), y de las colecciones de relato *Shogun inflamable* (2015) y *Otras cavidades* (2017). Como antólogo ha preparado numerosas selecciones de cuento contemporáneo iberoamericano, entre ellas *Asamblea portátil* (2009), *La condición pornográfica* (2011) o

Kafkaville (2015), y coordinado el libro de ensayos *Salón de anomalías. Diez lecturas críticas acerca de la obra de Mario Bellatin* (2013). Su obra crítica aparece en diversas revistas académicas y sus cuentos han sido recogidos en antologías nacionales e internacionales. Actualmente, se desempeña como catedrático de cine y literatura en los Estados Unidos. Sitio web: www.salvadorluis.net

ORGANISMOS

Relatos sobre otredad, biopolítica y
materia extraordinaria

Selección y prólogo de Salvador Luis

Hal 9000 Editor / Elektrik Generation

ISBN-13: 978-0-692-08315-4
Segunda edición: octubre de 2021

Imagen de cubierta: Youjin Jung vía Shutterstock.com

Impreso en los Estados Unidos / Printed in the United States